死んでみた

高嶋進

目次

死んでみた

高潔な精神で、俗に塗れて俗に染まらず、
俗に抗って俗と争わず、生涯を貫いた。

真っ白にきらめく雪の季節を過ぎ、新緑の山岳高原の春だ。南に北に東に西に、信州の山々が手を繋ぎ、長野盆地を囲む。遠く三つのアルプスの高峰が白で聳《そび》え立つ。日本の屋根と呼ばれる所以《ゆえん》だ。その空を高原の風が誇らしげに爽やかに掩《おお》っている。冷涼な風を切って怜悧な風貌の老女が車椅子で行く。介護老人施設の前庭だ。幅広の車回しが楕円形に整っている。老女は先ほどから二周、三周と頬にあたる風を愉しんでいる。押すのは中老の娘だ。

了作は楕円形の花壇のベンチでそれを眺めている。

当初、車椅子はゆっくりと花壇の周りを移動していたが、次第に速度をあげ、風景のなかを回っている。風がでる。娘の視線が足下の花々や舗道から、庭の樹木へ、果ては遠くの山々へ移りながら、走りだす。

走りだした車椅子は加速して宙を飛ぶ。それは了作に回転木馬を想わせる。回る車椅子。音楽が鳴る。つれて女の嬌声。

山肌と風と声の混声合唱だ。響き渡って風景を圧倒する。

風がとまる。音楽、嬌声がとまる。

娘が老母の表情を覗き込む。老母は石の表情だ。娘は嬌声は自分の心からかと訝《いぶか》ってみる。車椅子をゆっくりと再び押し出す。風が風景のなかに戻る。花々が風にそよぐ。老母は固まったままだ。表情は荒削りの木彫仏像だ。円空仏の一刃彫りだ。

確かに了作は見た、穏やかな表情が楕円の車回しを回るごとに険しく厳しい石仏に変わってゆくさまを。微妙な表情が寄り添い、纏《まとわ》り、凝固した。まるで、人間のさまざまな想いが苦悩の濃さに固化され、思想に結晶していくかのように。

石仏の顕現を目の当りにして、了作はその厳粛さに襟を正す思いだ。

石仏は微動だもせずに西方を向いている。西には信越五岳が並んでいる。斑尾山、妙高山、戸隠山、飯綱山、中央は秀麗な姿の「信濃富士」と称される黒姫山だ。それぞれの二千メートル級の高峰を越えれば日本海の香だ。黒姫山には、昔、志賀の池に住んでいた大蛇が城主の一人娘・黒姫に恋をし、若侍の姿になって現われたという浪漫の伝説が残っている。その想いが微かな風に湧き、漂ってくる。

気のせいか石仏からも微かな気が漂い出る。

つと娘がその場を離れたとき、石仏の口から白い呼気が吐き出て、見る間に黒姫山へ吹かけた。荒々しい束での放出だ。山の霊気に触れるやたちまち言葉になり語りだした。しかも明瞭に聞き取れるのは、過去、現在の時間の流れへの言及であり、人生遍歴についても触れている。青天の霹靂《へきれき》に、了作はわが耳を疑い、呆然とする。

肝を潰して、さては詩人か哲人への変身かと腰を浮かして了作が確かめると、老女は変わらず石の表情だ。

娘が戻って、何事もなかったかのように車椅子が回りだす。

了作はベンチで先ほどの事象を反芻し、考え込んでしまうのだ。人間は死に臨んで詩人になると聴き知ってはいたが、現実、目の前では、不意打ちだ。

過ぎてきた道と行く先の双方の道が見えるところに死がある、と常々言われてはきた。それにしても、老母の表現のなんと文学的、哲学的なことか。生涯の瞬間の刻々に思い詰め、沈黙へ凝縮したものの積み重ねなのだ。無意識のうちに綾織りされた織物だ。九十年余の生涯の心の底の充たされぬ生のエネルギーが噴出してきたのだ。無意識の言葉が紡ぎだした論調だ。

了作は物思いに耽《ふけ》る。

広大な無意識の言葉への論考といえば、スイスの言語学者ソシュールだ。彼は言語について、表層言語をラング、深層の言葉をランガージュと呼び、二つを峻別した。

〈無意識の言葉〉を発見し、表層意識の言葉に対して、深層意識における言葉のもつ多声音楽性、可逆性を回復させた。彼の思想は、言語革命と呼ばれるにふさわしいものだ。

それまで言語学を食わず嫌いで敬遠して来た了作だったが数年前、初めてソシュールの著作に遭遇し、目から鱗《うろこ》が落ち、言葉と文化の相関に浸り込んだ。

万人の関心事、貨幣、性、死は言葉なのだ。ソシュールの紹介者丸山圭三郎は言う。貨幣と言葉の共通点は、両者とも価値の基盤であることだ。貨幣は価値の尺度であるのは自明だが、そのように思考させ判断させるのは言葉なのだ。いわば貨幣も言葉も「〈物〉を生み出す関係」、自立する関係だ。両者は関係によってはじめて生ずる。まず在るのは関係であって、そこから互換的、相互依存的にしか自・他という存在は決まらない。

言葉は、そもそも存在してはいなかった諸価値を創り出す〈荒ぶる神〉であった。貨幣もまた、商品価値や使用価値を代替しているのではなく、そもそも存在していなかった諸価値を創り出す〈神〉にほかならないのだ。貨幣が代行、再現しているように見える諸価値は、実は貨幣自らが生み出した非実体に過ぎないのである。「見えない関係が生み出す〈物〉」に踊らされる証券市場で狂乱する人間の姿を思い浮かべれば、その事態は十分に了解される。

人間の性も〈物〉ではなく関係である。生理的欲求を満たそうとして、恋をしたり性交を行なうわけではない。正常な性交も、人間にあっては「異性の性器を媒介にした、想像力の産物としての自慰である」と喝破したドイツの心理学者がいる。すなわち、性欲満足の対象は「想像力が実体を生み出す」言葉の産物なのだ。

死もまた言葉である。

なぜなら、死もまた貨幣や性と同じように、その実体を作り出すのは話す人（ホモ・ロクエンス）の言葉＝意識であり、「〈物〉を生み出す関係」であるからだ。

死の最大の恐怖は、いわば〈非知〉に相対したときの戦慄である。死がまったく人間の予測や思考の枠を超えた存在であり、死後の世界は不安と謎に満ちたブラックホールなのだ。死は人間の思考を可視より不可視へ、一時性より永遠性へ、人間性より神性へと向けさせる。

ルソーは言った。「死とその恐怖についての知識は、人間が動物的状態から離れるとき最初に得たものの一つなのである」（『人間不平等起源論』）。あるいはバタイユ。「私たちが死と呼んでいるものは、私たちの死についての知識」（『エロティシズム』）。

遠く白い山肌と石仏の表情が二重写しだ。了作の過剰想起は留処《とめど》ない。ソシュールの言語・意識論と、老母の無意識の言葉が絡み合い、争っている。

了作とは他生の縁の娘とで試みる車椅子の観察は三週間経った。当初は、頻打つ風と戯れる風情を見せてはいたが、それは次第に消えて真摯に変わり、近ごろはむしろ表情が硬張《こわば》る様子が多くなってきた。施設の職員によれば、それは居室でも顕著になってきて、介護作業にも差し障りをみるようになったという。

たまたま居合わせた娘によれば、食事を「食べません」、茶菓を「要りません」、「着ません」、「行きません」と全てを拒否する。頑迷ととられるほどの自己主張だ。当人にとっては意思表示への固執で、理に適っている。ハンガーストライキに似る。洩《も》れ聞けば、それも青年期に経験済みとか。自我意識の強さだ。

了作は発言の裏を勘繰ってしまう。

老母はすでに俗世の磁場から離れている。俗流俗事、俗慮俗縁からの乖離しているのだ。低い基準でしか考えない俗人と同じ平面にはいないのだ。見れば足裏が地から五寸浮いているはず。死への道を歩いていく準備ができかかっている。老母の立ち位置からは来し方行く末の両方が見通しだ。生まれてから死までの俗を取り除いて、すべて見透かせる。

凡庸で狭い境遇だからといって視野と度量が狭いわけではない。境遇はたしかに狭さをもっていた。その狭隘な境遇を生きるうちにこそ、生きる経験の深さが凝縮し、圧縮されていったのだ。日々努力を重ねて行く人生経験で深刻なのは、外面的事実と内面的体験との落差を避けられないことだ。人生遍歴のなかで外面的に列挙された事実は誤りではないが、内面の時間経過とは同一ではない。実際に過ぎ行く真実の姿そのものであるわけでないことは、明らかだ。内面的諸体験には複雑で、容易に語れない、秘奥の、深い内実の姿がある。

石仏の口からは哀しい遍歴の痕《あと》が想起され、追憶され、反芻され、次々と湧き出てくる。それは歪みや疚《やま》しさの些《いささ》かもない言説だ。法話や哲理に似てくる。老母の熟慮、決断、精神的行為は、本人の生活のなかでは、かなり高度な自覚的振る舞いなのだ。

普段の生活態度の質は二分されている。

人間存在の必要条件と十分条件とに峻別されている。人間が生物としての機能を果たして生きることは必要条件を満たして生きることだ。ただそれだけでは、真に自己自身として生きるという十分条件が満たされてはいない。食べて、飲んで、着て、住んで、生殖して、ただ、地球上に蔓延《はびこ》って生き、他者排除をも辞さない利己的遺伝子に立脚して生きるのは、人間であることの十分条件を満たしてはいないのだ。

人間であることの必要条件にのみ眼が眩《くら》んで、人間であることの十分条件への思慮を見失うことは、一面的な固陋《ころう》な考えだ。岐路に立って、自己の人生の最善の道を選び、決断して生きることに人間の存在意義は懸かっている。自己自身を見つめるということは、思索を要求し、それに基づく自己決定を呼び起こすものなのだ。

過去へと転化してゆく時間が、あらゆる意味での苦悩の源泉となる。その折りに石仏が気を吹き、火を吹く石にも見紛う表情になるのだ。老母の経験は消滅せずに引き持続し、現在に生きている。とすれば、老母の本質はその来歴と遍歴のうちに顕在しているものとして、その経験と歴史をしっかりと観照しなければならない。

1

空にむかって広々とした信越高原は、長野、新潟両県の県境に拡がっている。その大自然は、古くからその土地の人々の暮らしと深く関わり、美しい山々は長い時の流れを受けとめ、見上げる人々の心に安らぎを与えてきた。

空間と時間が流れ、ときに留まったかのようだ。

大正十五年春、森田静はこの地の一角に生まれた。信越県境、西坂村だ。この世に生み落とされ、気がついたときには、どこからも、どこへもわからないまま、この世に存在してしまったのだ。父は近衛兵として近衛師団に所属していた。母は農業。静には五人の兄がいた。数年後に十一人兄弟になるが、この時はまだ六人兄弟だった。

この年十二月二十五日、大正天皇の崩御があった。世は大正から昭和に移った。当時、日本は大正時代の戦後恐慌に始まる慢性的不況に苦しんでいた。昭和二年に銀行の取りつけ騒ぎから金融恐慌があり、昭和四年にアメリカの株価暴落に始まる世界恐慌が起こっていた。深刻な昭和恐慌は深刻で、都市では失業者が増大し、農村も疲弊した。昭和六年に始まる満州事変から日中戦争、さらには太平洋戦争と、昭和二十年の敗戦まで、戦争の時代が続く。


静のいた越後の民家は、中門造りが大きな特徴だ。主屋の土間寄りの表側を突出させている。屋根は茅葺《かやぶ》きで棟を分けたものが多い。雪下ろしに便利だからだ。間取りは居室部分が田の字に切られた四間取り。茶の間は梁間いっぱいに広くとられ、台所との区別がない。茶の間の炉の脇にクド（竈）を置き、その奥のニワ境に井戸があり傍にナガシがあって、家内生活の要件が一つの茶の間に集中していた。

越後のニワは、屋外にある庭よりも、屋内の最も下手側の部分をいう。広い土間だったが、のちには板床に切り替えられた。それでもニワと呼ばれてきた。そのニワに炉をしつらえるようになった。さらに、敗戦後は畳敷に替える家も現われた。ニワは、土間から板床へ、そして畳敷へと変化していったのだ。

そのニワ境で静の妹マツコ、生後十二ヶ月の乳児が、井戸に落ちて死んだ。静は三歳だった。まだ死をわからず、その意味も知らなかった。周囲の異様な雰囲気を本能的に感知し、その気配だけを心に収めていたのだ。

動物は死なない、と詩人はうたう。

鳥は死を名づけない
鳥はただ動かなくなるだけだ。

静も妹と一年近く生活を共にし、その表情や仕草を視、触れたのだ。その実体の喪失と記憶は静の意識に留まって鮮烈だった。それは後日、彼女の死への思考と認識の基盤を開く端緒になった。その気配を反芻することが怜悧な頭脳を育むことに繋がっていったのだ。ちなみに言えば、ある著者が、動物と死に関して、「他者の死を悼む」ということを書いている。

最後に、いちばん大きなリーダーらしき象が静かに骨を掲げて草の奥まった場所に運びます。みんなはそれに従い、一頭は近くの枯葉を集めて骨を隠すように置きました。

明らかに、象たちの間には〈死んだ象〉というイメージがあるのです。

幼い静は河のせせらぎの音で目覚め、森の騒《ざわ》めきに起きだし、風の音を確かめ、兄たちの気配に向う。親の言葉の色で動きだす。利発な構えは備わっている。未知の事柄に興味をもった。心を強くひかれ、執着した。思い詰めて忘れない。

自宅の縁側で、よく狐火を見た。青白い炎が列をなして、対岸の道を、ふわふわといくつも通って行った。綺麗だ、と静の幼心に染みた。お寺の法話で死者の話を聞いた。寺の大柱がギィーギィー鳴って揺れ、怖かった。

機に応じた頓才《とんさい》で周囲を驚かせたが、理非を顧《かえり》みず、無鉄砲もした。あるとき子らを誘って裏山に入り、遊び疲れ、暗闇に気づき、皆で泣き喚《わめ》いた。松明を手に手に呼び掛けの父親たちに救けられ、背負われ帰る。その騒動の恐怖と安堵、それを想えば必ず心が騒ぐ、と語る。

幼いながら卓越した利発を誇示し、粘り強さもあった。山窩《さんか》の子さながら鄙《ひな》びて豪気な面をもつ。野外で食べるごはんは旨い、田の畔《あぜ》に皆で腰を下ろして食べれば何でも旨い、と吹聴する。鰯の糠漬け、鰊の糠漬けはご馳走だ。煮干しを醤油で煮て、熱い握り飯と田の畔道で食べる美味しさは格別、と頻《しき》り。静の語る表情は得意げで、自信に満ちている。大地が育んだ知恵と趣向だ。揺るぎがない。利発の持続には野人のエネルギーが欠かせないのだ。

恙《つつが》なく学校に上がる。小学校での、才気煥発と利かぬ気の挿話は枚挙に暇なく、次第に仲間の評判を取り、畏敬の念を集め、注目される。賢明な判断、打てば響き、しかも優しい。その聡明さは、高等小学校を首席で卒業したことでも明らかだ。その際の校長先生の祝福と称賛の言葉は、静の心に深く刻まれ、後々の静の規矩準縄にまでなったのだ。

静はお手玉の達人で、友達との競争には必ず勝った。その技量は皆の度胆を抜いた。空中で交錯させせながらの手並みは曲芸だった。繊細な感覚と手先の器用さで熟したのだ。

いやが上にも人気があがり、本人を鷹揚な人柄に煽《あお》る。偽り飾らず、心に思うままに言動に表していた。だが静の奔放ともいえる自由な性向に、あるとき暗い影が遮《さえぎ》りはじめる。高校受験を巡る悶着だ。彼女の成績抜群、運動抜群、そのうえ俊足ときては自他共に進学を信じていた。兄弟では、四男稔は法政大学一年生、五男弦一郎は新井農商生の教育一家でもあった。進学は当然の成り行きと思えた。

静は高田高等女学校を志望していた。当時、女に教育は必要ない、女は軍人の嫁が最善、というのが圧倒的な風潮だった。親たち、祖父平一郎七十二歳、近衛兵の父象二郎五十歳がそんな時流の只中にいて、静の志望に反対した。

静は猛然と抗《あらが》ってハンストで抵抗した。闘争の手段として絶食を行う示威行為だ。聞き入れてくれるまで、食べなかった。挙げ句、高田高等裁縫女学校に入学、一里の道程を下駄履きで歩いて通った。自転車は当時、女は膜が破れるからと禁じられていた。禁じられたことに静は悔やみ、あんな馬鹿なことと生涯口惜しがっていた。生理的嫌悪や淫らさから遠く乖離して、自転車での行動範囲や、由《よ》って来る人間交流の親密に想いを馳せていたのだ。心に思うままに行動していた静には、これが最初の挫折だった。男に許されることが女に許されない。

戦前、戦争中、女にはひとつの自由もなかった。女子は男子とともに学ぶことは許されず、参政権もなく、一個の人間としての価値は認められていなかった。「子供の云うことはよく聴いてやらなければいけない。殊に女の子のことは」が静の口癖になった。

当時、農村は冷害につぐ冷害、都市は不況につぐ不況で失業者も多く、国そのものが戦争につぐ戦争の明け暮れだった。昭和十一年冬、政党の腐敗や農村の荒廃などに憤激して、陸軍皇道派の青年将校が約千四百名の兵を率いて首相官邸や警視庁を襲撃し、蔵相高橋是清、内大臣斎藤実らを殺害した。二・二六事件だ。

戒厳令がだされ、反乱はまもなく鎮圧されたが、陸軍省はその指導者を処刑し、軍部大臣現役武官制を復活させ、政治の主導権をにぎっていった。かくして、軍国主義と封建体制が、あからさまに静の前に立ちはだかってゆく。この立ち塞ぎは、それ以降次第に顕著になり頻度を増してゆく。

静はその事を識らず、全く意に介さず、歪んだ体制には考え及ばず、ただ己の信じた条理の筋道をひた走って、眼前の事件の対応に向っていった。

一悶着あった高等裁縫女学校に籍を置くや、気力、体力充実し、れっきとした大人としての自己に目覚めていった。世情騒然の中、頭の回転早く、周囲を判断し諸事に鋭敏な対応を示した。この卓越したとり仕切り、裁許の能力はどこから来たのかは不可思議な謎だ。ただ確実な源の一つは、大所帯家族の切磋琢磨だ。生来の得意な素質を別にすれば、これは静にとって大きな要素だ。

2

その頃、酉坂では一家十四人暮らしだった。

祖父平一郎、祖母マツ、父象二郎、母ヤエ、兄弟に正吉、良道、豊、稔、弦一郎、静、セツ、章雄、井戸に落ちて死んだマツエ、正吉の妻ハツエ。一人一人には特異な事情が絡み、混雑、混乱は避けられない。その錯綜を取《と》り捌《さば》く役割を引き受けたのは静だった。

怜悧でありながら優しさがあったのは、家族想い兄弟想いだったからだ。特にすぐ上の兄弦一郎と弟の章雄とは年齢が近く、よく遊び、労《いたわ》りあった。

弦一郎は神経過敏で絵を能くした。新井農商に通っていた。大学生の兄稔と仲良しで、結核を発症し痩細《やせほそ》った兄を自宅で看病、付き切りで寝食を共にし、挙句の果て感染していた。咳が止まらず市内に入院、間もなく死亡した。

夜、雪が降っていた。箱を運んできた。家の外に提灯が点《つ》いていた。闇の中の灯りは幽玄だった。それを見て静は喪心した。自分はどこで寝ていたんだろう。箱の中には弦一っちゃんが入っていた。橇《そり》で運ばれて行った。

その夜の雪が、永く静の死生観を揺さぶり続けていた。

弟の章雄は、幼い次女マツエの突然の死の衝撃の中での誕生だった。家族は生まれ変わりだと喜びも一入《ひとしお》だった。聡明、優秀で小学校の後、旧制中学校、新制高田高等学校に学ぶ。ただ神経機能が繊弱で、人、行動、性格が神経質だった。世の騒擾、戦後の混乱と貧困、復員、病、死。こうした身近の事象に馴染めず、社会の急激な変化に対応できずに他者との関係を拒むことになっていった。家族のなかでも孤立する。

両親の心配、兄弟姉妹の黙視、親戚縁者への気遣いが逆効果に作用、彼の症状を悪化させた。周囲の無理解と症状悪化が連鎖して、急激に追い詰めるのだ。後半生は胃の手術も余儀なくし、心臓病も併発、入退院を繰り返す。静は病院、施設に通い詰め、転院、転所の手立てを講じた。三姉妹は結束して、自宅での介護、看取りを実現させている。

静は高等女学校卒業後、東京に出て洋裁をやりたいと伝えたが許されなかった。独り黙って家を出た。

田沓を履いたまま、二本木の駅にいった。その町に住む親友の春田さんが偶然、駅で出会い声をかけると、「家出してきた」。春田さんは驚いて息を呑んだ。

春田さんの姉は頭が良く、東京神田に就職していたので、彼女は静の気持ちに寄り添った。静はその後丸二年、次兄良道のもとで東京に暮らすことになる。良道は美男子で染物、反物の呉服屋に勤める傍ら、カフェでダンス三昧だった。静は洋裁はやらせてもらえず、朝早くから勝手向きだけ、ご飯、味噌汁、佃煮の用意だった。米、味噌は実家から送られて来ていた。

良道はやがて妻を迎える。洋裁も叶わず、帰りたいと静は実家に泣き付いた。良道の妻ユキエは東京山手育ち、痩身の美女で大柄の縦縞模様の大島紬を着熟《きこな》すさまが粋だった。真っ白なワンピース姿も静の目に焼き付いた。この間、静は都会の風にさんざ親しんだが、東京人の軽佻浮薄を嫌った。「東京もんはいやだ」が口癖に加わった。

その頃、日中戦争が泥沼化していったため、近衛内閣は国家総動員法を公布した。産業から国民生活まで、国が戦争のために動員できる権限を持つ法律だ。加えて国民徴用令を制定して、強制的に軍需産業などで働かせることを可能にした。

軍需産業はめざましく発達したが、民需品の生産や輸入は制限され、昭和十六年には米、衣料、木炭、砂糖、マッチなどが次々に切符制、配給制になり、農家には米の供出制度が実施された。小学校は国民学校にあらためられ、軍国主義教育の色彩が濃厚になった。日独伊三国同盟の成立と日本の南進政策の開始以後、日米関係は悪化の一途をたどり、開戦への決定に近づいていく。

静は、西坂から東の山麓にある平丸小学校で代用教員として働く。裁縫を授業の主としたが、担任の生徒が急性腎盂炎で命を落とすさまを目の前にして衝撃を受けている。後にたびたびその恐怖を語った。

付け文事件も経験する。君島という金縁眼鏡の教員がいた。ある日、気がつくと机のなかに手紙があった。「将来結婚したい」とある。校長は「恋愛だ」という。

「恋愛ってなんですか」

「二人で仲良くしなさい。お前は田舎者でそんなこともわからない。いずれは結婚すること、彼はお前に惚れている」

あまりの無関心ぶりに校長が呆れたのだ。手紙はまたきた。「東京に行くから、いまに来るように」。私って恋愛知らないでしょう、内心忸怩たるものがある、と表情で静は云う。澤村一男と結婚する三年前のことだった。

昭和十六年十二月、日本はアメリカ・イギリスに宣戦布告し、海軍がハワイの真珠湾に奇襲攻撃をかけた。太平洋戦争の勃発だ。

戦争を開始してわずか半年間で、フィリピン・ジャワ・ビルマにかけての広大な地域を占領し、この戦果に国民は沸きたった。だが戦局の暗転は意外に早く訪れる。翌十七年、ミッドウェー海戦の大損害。ガダルカナル諸島からの放棄、撤退。西太平洋地域の制海権、制空権の放棄。硫黄島、沖縄の日本軍の降伏。遂には二十年、東京大空襲、広島・長崎の原子爆弾投下、ソ連の侵攻。

八月十五日、天皇はラジオ放送で、戦争の終結を発表、満州事変から十五年、真珠湾攻撃以来三年八ヶ月の長い戦争が終った。日本が敗れた。

神が開き、神が守護する神国日本に信じられないことが起った。静は虚脱状態に陥ちる。音が消え、匂いが消えた。色が消えた。白が立ち籠めるホワイトアウトだ。方角がわからない。何もみえない。何もしない。天皇にもうしわけない、そう案じる。

ぼやけた静に黒姫山が近づく、山は青い。左に飯綱山が近づく、山は赤い。右に妙高山が近づく、山は黒い。それぞれの単独峰が聳《そび》えたち揃い並んでいる。山が悠々と厳しさと美を奏でだす。国破れて山河あり、呟くと静の意識は遠くなった。

村から戦地に赴いた者、戦死した者、外地からの復員、行方不明者、それぞれの帰還がはじまった。それぞれの家から悲喜《ひき》交々《こもごも》が溢れ出る。

静は日々考えこんでいた。しっかり者としての自覚を取り戻した頃、戦《いくさ》のあった中国戦線から静のいる民家に、次々と一族が戻ってきた。長兄正吉、次男良道、三男豊、四男稔だ。

しばらくして、良道は疎開していた妻子を連れて東京に戻り、稔は大学に戻り、豊は結婚し家をでた。今、家には正吉夫妻とその長男長女、祖母、両親、弟の章雄、妹のセツ、それにあとでもうひとり産まれた末娘マツコの十一人の大所帯だ。静は若年ながら、精神的には誰よりも成熟していた。一族の人々を何くれと無く世話を焼き、面倒を見た。諸事万端の責任を引き受けていた。

頭の良い聡明な美女の噂は走る。まして適齢期とあれば、近場の校長や遠戚筋からの縁談話が立て続いた。だが静はいかな首を縦に振らない。いかな律義者にしても堅すぎる。ただ、気にかかる思考思弁が山程あるという風情を強硬されては詮方《せんかた》ない。

気懸りは、家の中での静の存在感が稀薄になってきたことだ。兄嫁のハツエが自分の子供四人の成長とともに、存在感を増してきたのだ。兄正吉ハツエ夫妻が自分の存在を疎ましく、遠ざけたい気持ちでいる、と感じて静は悲しんだ。

兎も角、家を出なければ。そうやって彼女の気丈な性分も、嫁ぐことに追い込まれる。絶対にいやだと云っていたがきいてもらえず、静はようやく首を縦に振る。縁談の相手は澤村一男だ。

一男は早稲田実業卒、中央大学商学部出身だ。実家は東京練馬で、そば屋「田辺」

を支店三軒とともに手広く営む。父は一男が九歳のとき死亡し、母テイが家業に勤しんでいる。家族は姉貞子、弟顕二、末弟忠昌だ。

体格優れた顕二は志願して出征、レイテ島で戦死して白木の箱で帰ってきた。劣位の体の一男も志願、中国に渡ろうとするが、姉の諫言で将校のまま国内に留まり戦死を免れる。敗戦後、母と末弟を連れ、亡父富治の故郷長野に柳行李《やなぎごおり》一つで引き揚げる。

3

幼年時虚弱だった一男の理想は「妻《めと》を娶らば才たけて、見目麗しく情けあり」だ。加えて静は俊足だ。結婚式は信濃柏原の公民館で挙げた。

物のない時代の形ばかりの挙式だった。黒い留袖、角隠しの静と、モーニング姿の一男の写真がある。桐箪笥一棹だけ、父象二郎が持たせてくれた。わずかの着物が入っていた。下二段には米を隠し持ったところ重みで箱が壊れ、静生涯の嘆きの種になった。

新居は柏原村の一茶堂の三軒隣りに構えた。一茶堂は江戸後期の俳人小林一茶が晩年住んでいた土蔵のことだ。一茶は信濃柏原の人で、江戸で俳諧を二六庵竹阿に学んだ。俗語、方言を使いこなし、不幸な経歴から滲み出た主観的、個性的な句で著名だが、その素朴な作風とは裏腹に、貧しさの中をしたたかに生き抜いていた。堂は一茶逆境の営みだった。

長野県境の柏原村は鄙びた村だ。藤沢周平の描写がある。

白く乾いた道が村まで続いていた。昼さがりの道には前にもうしろにも人影がなく、歩いているのは一茶一人だった。汗を滴らせながら一茶は歩き、ふと救いをもとめるように、あたりを見回した。空は晴れているのに、野は遠くでどんよりと霞んでいた。そして黒姫山は、不機嫌に雲に隠れたままだった。「一茶」

野を蛇行し柏原と隣村をつなぐ白い道を眺めながら、静はよく考え事をした。振り向いて黒姫山を見た。その奥の戸隠、飯綱につらなる山々を見た。

静と一男の家は北国街道沿いだ。街道の中央に松並木があり、馬が馬糞を落としながら歩いていく。家は上と下に一部屋ずつ、残りは板の間と土間。形ばかりの台所、風呂は仕切り板、衝立もなく、トイレは外の掘建て小屋。全て安普請で、風が吹くと二階が揺れた。

焚付の「ぼや」を山へ拾いにいくのが日課だった。わずかの畑の大根、葱、芋、韮《にら》を駆使して朝餉、夕餉を賄った。中農出身の静にはカルチャー・ショックの日々だった。

街道沿いには似たような生活の家が並んでいた。静の隣は疎開者の刈谷さん、鈴木自転車店、農家の矢沢さん、小林豆腐店、そして一茶堂。向かいには建具屋、魚屋。すべて似たような家格好だ。

そして似たような中身の暮らしぶり。殊に二軒おいた隣の山崎明子は静と同年で、同じ頃に隣の赤渋村から嫁いできた。たまたまの境遇似だ。

当初の近所付き合いが次第に朋輩付き合いに変っていく。誘い合って焚付拾いに山に入り、田畑仕事の手伝いをする。静が裁縫、編物を教えると明子はすぐ会得する。頭よく器用なのだ。互いに自分の事を語り始める。春には蕨《わらび》、薇《ぜんまい》とり、秋には栗拾い、木通《あけび》とり。弁当持参で、秘かな愉しみを堪能した。

そんなある日、明子が述懐する。野尻湖近くの丘のうえだ。

明子の兄に嫁がきた。嫁が明子を疎みだし、邪険の角をだしはじめた。兄嫁との確執を心配した兄と両親が、充分な調査なしで縁談を纏《まと》め、無理矢理嫁がせた。嫁いでみれば、夫は復員兵で職もなく、田畑もわずかだ。姑は事情あって息子を産み、女手一つで育ててきた福島出身の人だった。

静は身につまされた。若くして未亡人になった義母テイが三男一女を育て上げ、息子一男と静とともに柏原に来た経緯を思えば、感慨深いのだ。静と明子の間の精神的距離は縮まるばかりだ。急接近をみる。

その後、お互いの長男、長女の誕生が同じ年になり、お互い産婦の枕元で励ましあうことになる。殊に、静の第二子が出産直後に死亡した際には、明子はほとんど静の傍を離れなかった。

互いに忸怩《じくじ》たる複雑な想いで嫁いできた身ながら、二人とも実家への郷愁は人一倍強かった。子供を背負い、手を曳いてはしばしば実家に戻った。二人とも懐かしい実家で両親に会い、ほっとするけれど、さして大事にされる訳でもなく、親の気遣いで持たせてもらう土産を持ち、また柏原の生活に戻る。その繰り返しだ。

その気持ちが解りあえるのは明子一人だと静。二人にとっては、戦後の情況の中、信濃の農村生活で回る騒擾《そうじょう》歯車に順応し切り抜けていった十年間だった。それには、戦後の女性権利の変革が齎《もたら》した知恵と生来の知性、自然に囲まれた逞しい生命力の強さが大きかった。

この時代、静は感覚によって得た素材を整理し、自己を見つめ、認識にいたるまで追い詰めていった。山肌に纏い付く白雲、足早な気流の漂いに世情の有為転変想い重ねながら、静と明子は時間を気にせず、活発に意見を交していた。

誰憚《だれはば》ることない議論の場は、草の敷き詰めた窪地だ。緑の灌木に囲まれ、遠景に信越五山の峰々、丸ごと自然だ。草と樹と土の匂いに噎《む》せ、言葉が空論に浮くことはない。自然に現実的で論拠は堅い。風発の勢いより匍匐《ほふく》の重みだ。

素朴な心を抱く価値は重い。しっかり大地に根ざした理であり動きだ。その静の道理を培った柏原時代だった。世俗の悪や不幸に抗う不動の強靭さを養ったのだ。

一茶堂の周りは子供たちの格好の遊び場だった。嬉々として走り回り絡み合う腕白仲間の長男、ままごとに誂え向きの堂の庭で遊ぶ長女を見詰める静の眼差しは、姉御風情だ。ちゃんばらごっこで斬り合う餓鬼大将、姉御流で女の子を捌く手付き。幼い長男、長女を目で追いながら、静は半ば憂慮、半ば期待で心急く。子らの成長とともに、静、明子の精神も急速に成熟していくのだ。

4

柏原村を去る日がくる。

長野市に土地を購入、家を建てた。昭和三十三年、暮れも押し迫った日、一家をあげて引っ越す。義弟と長男の二人は小型トラックで荷と先発。夫一男、義母テイ、静、静に負われた生後六ヶ月の次男、それに長女の五人は近所の人たちに一塊りで別れの挨拶をして、柏原駅から長野に向かった。

「西坂が倍遠くなる」

齢三十を超えた熟女となった静がぽつりともらした述懐だ。

新築の家は吉田にあった。周辺は一面桑畑だった。近くに個人住宅は見当たらず、近くに、住宅対策としての県営モルタルアパートの一群と、俗に言うハモニカ長屋の数棟が並んでいた。そこには戦後復員して来た人たちが家族を持ち暮していた。

工事の遅れで内壁は数日前に塗り終わったばかりで、家全体が湿気と冷気で覆われていた。信濃の厳寒の十二月だ。体の弱ってきた義母と生まれたばかりの次男がその寒さに耐えられるか、憂慮された。早速運び込まれた火鉢に炭を入れ火を熾《おこ》す。それでも湿気の籠もった部屋は暖まらず、寒さに震えてすごす長野初日の夜だった。

家は長野電鉄の本郷駅と吉田駅の中間にあり、両駅とも歩いて十分程の距離だ。小学校は本郷駅の真横にあり、中学校は吉田駅の傍で、長男、長女の通学には至便だった。家の側に間もなくバスが通り、近くにバス停ができ、長野駅まで二十五分で行けた。教育のため、墓所、市場、学校の近くに転居した、「孟母三遷の教え」に照らしても子供の教育には良い環境だ、と静は自負することができた。

当時、最早戦後ではない、と云われたが、依然として占領体制下のわが国は農村ではまだまだ大変な時代だった。テレビ放送が開始され、東海村の原子炉にも火が入った頃だ。どうにか生活らしい生活ができるようになっていた。長男は小学三年に転入、長女は翌春小学校にあがる、夫一男の長野の職場への通勤が楽になり、静は安堵した。

その安堵も束の間、義母テイが、咳痰の検査で、若年の結核再発が判明。療養所入所を拒み自宅療養。その上、幼い子供二人が疑似感染する。たちまち、静は病人三人を抱え込み途方投げ首、夜中に、吉田の医院に駆け込み往診を頼む日々が続いた。

加えて長女が、学校行事のプールのせいで風邪を拗《こじ》らせ、小児喘息にかかる。病状重く、夜中の発作に加え、食細く極端に痩せる。微熱、寝汗常習の次男は、耳の脇に溜った膿疱で切開手術するまで毎晩泣き通しだ。

義母の病状が悪化するにつれ、病からの我儘《わがまま》が増える。枚挙に暇ないほどだ。静は連絡のため、夜中には義母の手の紐を部屋を跨《また》いで自分の手に結び、合図のたびに病床へ駆け付けた。

次男の夜泣き、長女の発作、義母へ駆け付け、孤立無援の奮闘だ。静はそれまで決して無かった愚痴を、この時ばかりは、義弟忠昌の嫁芳絵に涙ながらに訴えた。この時の身を切る辛さは、我が身の三重苦とも云える孤独、不安、絶望だった。この三重苦は義母の死の日まで続くのだ。

義母の死は呆気なかった。

病人が足の感覚がないと訴えたので、夫一男が足や背中、腰を撫で擦り、静が病床と台所を行き来しているあっという間だった。「母さん、母さん」という一男の呼び掛けでみんなが義母のもとに集まった。直ぐ傍に住む義弟夫妻も駆け付けた。昭和三十五年の春。明治、大正を経て夫の死、戦争、次男の死、数々の苦難を超えてきた後の、安らぎのある死顔だった。その死顔をみて、つくづく「よくしてもらって、母さん幸せだ」と山梨から駆け付けた義母の娘、一男の姉が静に謝意を表した。静は、当然のことをしたまで、と黙っていた。

だがこのたびの辛さは鮮烈だった。

静は心の底にある孤独感について考えていた。孤独はあくまでも共同存在の場のなかでの孤独であるよりほかにはない。けれども、誰もが自分で自分と向き合いながら、自分の存在を背負って生きなければならない。

いま、多くの人々が張り詰めた内面的情熱を失い、小利口な装いで、皮相な外面的な広がりのなかに気を散らして生きるようになった。真剣に決断することもなく、不特定多数のなかに紛れ込んで、無責任に暮すようになった。そんな社会にあって、こうした孤独と不安と絶望のなかで、見通せない不特定の不気味な課題に、静は対決していくことになる。

義母テイの死で、静は最も困難な時季の峠を一つ越えたようだった。不思議にも長女の喘息がぴたっと消えた。いかなかった学校にも三年生春から通学する。次男も体力回復、元気になる。夫一男は、市内に雑穀卸の店を立ち上げる。静もスタッフとして給与を得ることになった。戦後の厳しい暮らしから抜け出て、一条の光が見えた瞬間だった。

一男はバイクの後に静を、前に次男を乗せ、自宅から店まで行き帰りした。静は飛んでる自分を誇らしく思った。ほどなく雇人を増やし、新しい店舗と倉庫を構えた。業績も順調にのび、経済的にも潤ってくる。順風に帆をあげた。しかし好事魔多し、うまくいきそうなことには、とにかく邪魔がはいりやすい。

主に縁戚関係からの難題が、次々に静に持ち込まれてくる。金銭問題、男女問題、進学就職、さまざまに多様だ。悩み相談の受皿としての静の器量が知られてきたのだ。静はまず、相手の言葉を聴く、深く聴く。悩みの本質を聴く。そこまでで問題処理の五割方は解決だ。それが静の特殊能力だった。

それは義母テイの新盆の直前だった。

長兄正吉を除く静の兄弟姉妹全員が吉田の家に集まった。遺産相続の談合だった。土地の分割相続だ。農家にとって農地分割は一家の存亡を決める死活問題だ。農業が成り立たなくなる要素を含むのだ。

この頃からわが国は米消費が減少、米生産は増大、政府の在庫米が急増した。その対策として後に実施された減反政策で、水田の三六%が休耕、転作になった。この政策が農業現場に残した傷は深い。人々は農業から離れ、若者が地方から都市へ流出、農業が衰退する一因にもなった。一家が土地相続を巡って集まったのは、そんな頃だった。

相談に相談を重ねた結果、静の兄弟姉妹は全員が相続放棄することになった。やはり両親、象二郎とヤエの教え、兄弟助け合って仲良く、という教育勅語に直結した考えがあったからだ。

土地は全て正吉のものになった。ところがその結果、自立している者を除いた、三男豊、六男章雄のそれまでの生活の根拠が奪われることになった。それまで、何彼となく実家の農業に準拠してきていたのだ。以後は生活の手段を失って、二人は困窮することになる。静は、以後彼らの生活に深く関わっていくことになる。戦後結婚してからも、母ヤエから聞く章雄のことが常に気懸りだった。

章雄は次女マツエが亡くなった後、待望の六男として生まれた。両親にしてみれば、家督の跡取り候補。四人の兄たちを戦地へ差し出した末に、予想される全員名誉の戦死の暁には、章雄に跡を、と期待した誕生だった。それゆえ両親の庇護のもと大切に養育されてきた。優秀で、小学校から旧制中学校、新制高田高校に学ぶ。秀才と呼ばれていた多感な少年だった。

そして敗戦。

四人の兄たちは戦死せずに生きていた。戦場の翳《かげ》を引き摺って次々と帰ってきた。さま変わりした陰惨な容姿に、長兄の留守中に産まれた子供は、怖いといって後退《あとずさ》った。

感覚が繊細で、戦後の混乱、貧困、病死、復員など、強烈な刺激と身近の変化に対応できずにいた章雄に、兄たちの姿は衝撃だった。まずその痩せて眼光爛々、人を射る正吉の目に恐怖を覚えた。特に四男稔は中国戦線で将校になっていたが、頭脳明晰で端正だった風貌が皆が驚くほど痩せて一変していた。

章雄は正直、怖かった。この戦争に敗れたら男は皆殺し、女は強姦される、とまことしやかに囁《ささや》かれていた時代だった。その上、兄四人が戻ってきて、自分の家庭内の位置が不安定に感じられた。高校では今までの忠君愛国主義の教育が一転し、今後の進路が全く見えなく絶望的だった。

一方、復員した兄たちは自分が生きることに精一杯で、何より自分自身が戦争により深く傷ついていた。数々夢で魘《うな》されたり食事を敬遠したりで、家族との関係も生活も、元に戻るのに時間を要していた。

兄たちの洩らす言葉少ない断片が、章雄の鋭敏な頭脳に、戦地の状況を容易に構築させる。戦時中は連日、各新聞一面に凸図形が載り、日本陸軍の進軍状態が報じられていた。当時の少年たちは、それを毎日視て一喜一憂した。海行かば水漬く屍山行かば草むす屍、と心に決め、戦況を描いていた。

英霊の白木の箱を迎えるたび、章雄の瞼には戦場が過《よぎ》った。途絶えることなく。その心像にはいつも、補給を断たれた兵士、マラリア、食中毒、結核で弱る兵士を襲う戦争栄養失調、ひいては戦争神経症が写し出された。

頻繁な想像は確実な実像を結ぶに充分だ。戦場ならずとも戦場と同じような仮想空間。それは鋭敏な神経、明晰な頭脳の章雄にとって、戦場にいなくても、いると同じくらいの衝撃なのだ。戦争栄養失調の疑似体験、仮性戦争神経症に類似の症状が現われるのは必至のなりゆきだった。

章雄は次第に他者と関われなくなり、一家の中でも孤立する。徐々に引き籠もるようになる。気づいた両親、長兄の初期の対応にも逡巡があった。無理もない。「素質的に苦しい生活に順応できず耐えられない者は排除する」(桜井軍医)という論法が蔓延していた時代だったのだ。それは国の方針でもあった。

章雄は強制入院させられた。当時の医者は誰彼無しに軍医だった。章雄はその人たちに元来の聡明さを粉々にされる。何度かの入退院が繰り返された。

それから十年余り、義母テイの新盆があけた秋。章雄が静の前に現れた。

静と一男はさっそく動いた。一男の知己の日穂製粉に雇ってもらった。生来優秀で真面目な章雄だ。仕事の覚えも速く、周囲が期待し、期待に応えるべく本人も努力した。ところが社員寮の相部屋は、孤独を好む章雄の最も苦手とするところだった。そしてそれが障りになる。そんな折り、縁談話があった。静は喜んだ。寮生活を抜き出す好機だ。けれども喜びも束の間、破談。裏で暗躍があったと識れた。静はこの事を後々までも残念がった。

やがて繊細な神経が四人部屋の寝起きに耐えきれず、鬱《ふさ》ぐようになる。会社を辞めたいと云いだす。一男が説得に乗り出し、章雄は吉田の家にやってきた。初め穏やかに話していた一男だったが、突然憤りはじめ、古参兵の口調で章雄に罵声を浴びせた。

「貴様、何様のつもりだ」

「てめぇの根性叩き直してやる」

一男の言動は軍隊時代に戻っていた。章雄の頬を平手で殴った。

その刹那、章雄の心に去来したのはあの戦中の、そして戦後の悪夢の時代だ。

「何するんだ」

大声で怒鳴《どな》るも、それ以上の抵抗はせず、止めに入った静を悲しげに見て、去っていった。静はこの時ほど一男を恨めしく思ったことはない。一男は面倒見のよい江戸っ子気質だが、反面、軍隊生活で得た日本兵の持つ残酷な一面も身につけていた。

沈思瞑想、静は三日三晩不眠に陥った。

認識の元を専《もっぱ》ら自分の経験に求めるのは、静の思考パターンだ。戦争は戦場に行った人以外はわからないのだ。行かない人には考えられない。まして特異な軍事思想のもとで凄惨な体験を強いられた兄たちの現実は知り得ない。殊に、敗色濃厚になった時期以後の実態、戦病、餓死、海没死、自殺、特攻について知る由もない。教えられなかったし知らされなかった。むしろ、そんなものは無かった、忘れろ、という風潮が甚だしかった。

ただ戦禍の翳は、時が経っても次々と静の前に顕れた。復員した兄たちの陰鬱な風貌、言動だ。今また、夫の中に潜む軍隊、章雄の中の戦争後遺症の翳。静は二人の男に、はっきりと視た。心が震えた。

章雄が哀れだった。静は虚空に向かって拳を奮い、目を閉じてあれこれ考えをめぐらせる。戦争後遺症から精神神経障害までも含めて、章雄の孤立、孤強の深さ、単独者と世間、の課題を静は考え詰めていく。

人間は究極的には孤独な存在なのだ。だからその孤独は大切なのだ。人間の存在の根源である孤独という尊厳は見守っていかなければならない。世俗の利害関係に眼を奪われて、離合集散、利己主義に伴う裏切りと欺瞞に明け暮れてはいけない。世の中の動きに引き摺り回される自己喪失状態をやめて、自己を見直し、他者との関わりを考え直し、世界と存在のすべてに思いを馳せることだ。自己へと立ち戻って、一人静かに思索しなければならない。

「汝のうちに帰れ。内面的人間のうちに真理は宿っている」そう、古老は云った。それは狭い自己の内部に閉じ籠ることではありえない。反対に広く深い真理に身を開き、自己を解放することなのだ。

本質に深く沈思する人は、雑多で些末な出来事を怜悧に切り抜ける悪賢い俗物たちに、攪乱され、欺かれる。それだけにまた、本質に沈潜する人は、通常の意味でいっそう孤独になる。そして孤立無援のなかで、孤軍奮闘しながら、不遇のなかで斃《たお》れる。けれども人間はこの憂き世でのまっただなかで、自己と人生を見つめる時間を持たなければならない。

生きる勇気を再確認する時間だ。孤独の時間だ。深い孤独のなか、孤独に耐えて初めて、個々の人間の人格としての尊厳が擁護されるのだ。

静は手を拱《こま》いて考え込む。夫に章雄の孤独を理解させる手立てはあるだろうか。いや、理解は無理だ。仮に理解できても周囲とは無理だ。不気味な背後の重圧に、静は怖気《おじけ》立《だ》つ。蟷螂《とうろう》の斧を振り翳《かざ》しても僂い凄《すさま》じい抵抗だ。徒手空拳の静。

だが怯《ひる》まず、明断な頭脳が世間意識に斬り込みをかける。

この人生を生きるとき、世間意識が深く関っている。世間とは端的には憂き世のことだ。世間は他者との共同存在である以上、人間の間柄に関る世間意識というものが生活のなかに濃厚に染み渡ってくる。だからいつも世間を念頭に振る舞うことが、処世訓や処世術になる。世間意識が行為の規範になる。社会的体裁とか体面として世間意識が、強い倫理意識として染み込んでいる。

だが人間社会の通弊として、息苦しく醜悪な一面がある。大勢順応で保身と自利に奔《はし》り、適者生存に憂き身を窶《やつ》す現実だ。この頽廃的傾向を捉えてキルケゴールは、大衆とは好奇心に駆られ、嫉妬心、噂と陰口、無責任、決断せず、世故に長け、世渡りばかりの烏合の衆だと指摘、内面的な深さを喪失したと慨嘆した。こうした大衆社会の登場とそれへの批判は、その後数多く出現した。その中で最も典型的な表現は、ハイデッガーの「世人」という概念だ。不特定の世の中の人一般が日常的存在の主人公であると指摘した。

誰もが自分らしさを失い、誰もが世間に揉まれ、角が取れ、円くて柔和で付き合いのいい普通の人間になっていく。誰もが自分固有の生き方など選ぼうとせず、世間の様子を窺いながら、落伍しないように、爪弾きされないようにと、大衆のなかに紛れ込んで生きている。この大勢に準じた生き方のスタイルが、やがて自分自身のスタイルになってしまう。それ以外に自分の人生を考える余裕がなくなる。この自己喪失大勢順応の暮らし方のほうが、気楽で、安心で責任がなく、居心地がいいのだ。

ハイデッガーはこの自己喪失的な世人のあり方を「頽洛《たいらく》」と呼んだ。無責任で活気に満ちた興奮と狂騒が、日常的な世界内存在の表面ないし前景を形作ることになる。世の中の狂騒に取り紛れたこうした非本来的なあり方に対して、それとは逆に自己自身の本来的あり方へと覚悟を決める局面も鋭く抉《えぐ》り出した。

けれども人は、自分の存在の根底を見つめたとき、そこに潜む、暗く、重苦しい気分が横たわっているのを感知する。それは死にさらされた自分自身の自覚だ。死の宿命の意識こそは人を本来性へと覚醒させる。本来的な生き方を決意する覚悟を促してくる。もっとも決意した自己の本来的生き方も、再び世間の場で実践されなければならない。世間の非本来的日常とかかわる。世間の混濁のなかで俗化する。世間という怪物は、自己の決意を呑み込んで滔々と流れて行く大河なのだ。

換言すれば、人間は、本来性と非本来性との間を行ったり来たりしながら、その狭間で試行錯誤を繰り返しつつ苦闘するのだ。自己は世間を白眼視せず、それなりに尊重し、その世間の中で、徐々に自らの理想を目指す外に道はない。いずれにしても個人と社会との錯綜した相互作用のうちに、人間的自己の生存の実態があることだけはたしかである。人間には言葉に尽くせない情念や意志の葛藤がその存在の根底に燃え盛っている。この世の中は、やはり救い難い混沌を秘めた底知れぬものなのだ。

静は考え倦《あぐ》む。

考えても考えてもわからない。わからないことだけはわかった。

章雄と一男の背中が近づいた。背中の表情がはっきりした。

5

信越五岳が煙っている。

ベランダの先は薄く霞んでみえる。雲だけは激しく流れている。嵐模様だ。見馴れた黒姫山の穏やかさが懐かしい。静は山育ちだ。

ふと掃除の手を止めて考え込む。静の掃除は、掃除というより磨き作業だ。床、壁、階段、隅々まで磨き上げる。静の潔癖性だ。磨きながらも想いは弟章雄の事件に飛ぶ。自分の範疇を超えていて悔しい。手が届かない。哀れの極だ。次々襲ってくる悪夢を振り切り、磨く。磨きながら想う。

妹たちを泊める家ができたことは、静の幸せだった。永年の念いだ。父亡く、母、姉妹離れ離れ。泊まりに来られる家を持つのが永年の願いだった。わが家での妹たちを想って、静は磨きの手に力が入る。どこまでも新築のままで妹たちと逢う、そう想えば笑顔になる。

だが静の思惑外れで、最初に吉田の家に泊りにきたのは、妹ではなく兄の豊だった。当時四十四歳だ。豊は長男正吉の補佐役として、西坂の家隣りの安普請の家で、親子六人で頑張っていた。だがいよいよ生計苦しく、打開を静の夫に訴えにきたのだ。

夫一男は苦境を察し、直ちに自分の会社に雇用する。静は夫の誠意を謝しながらも、豊の無類の柔和を知っているので、夫との相性のギャップを懸念した。長兄に従順一方のうちは良かったが、豊の控え目な態度が昂じて人のいいなりでは困るのだ。静は小さい頃から、豊の意気地なしを知っていたから、手放しでは喜べなかった。

生来、静の兄弟、兄五人、弟一人はすべて優男で、蒲柳の質といわれるほど柔和なのだ。弱々しい温厚者が夫のもとで勤まるか、懸念した。

果たして不吉な予感が的中する。

豊の要領の悪さに、一男は苛立ちを募らせる。縁者でない他の社員への戒めに、豊を懲らしめてみせる。戦時中軍隊で培った、老練な技術とも言うべき古参兵の虐《いじ》めだ。一男にすれば一廉《ひとかど》の社員に育てたい。だが豊は初体験に慣れず、一男の威力に圧倒され、緊張して萎縮する。努力しても自分の無能を衝かれているように思ってしまう。

堪えきれず実家の妻のもとへ戻る。しばらくして妻がぜひお願いしますと、詫びを入れ、戻る。その繰り返しが続いていく。

やがて豊は新築した事務所兼倉庫のある商店の二階で寝起きするようになる。その二階は広く、全社員の食事、休憩のための空間もあった。静は八面六臂の働きだ。漬物、煮物、汁物など副食物、社員たちの昼食の惣菜準備だけで手一杯のところ、合間を縫って豊の支度。知られぬ気遣い、三百六十五日の大事だ。そんな日々が二十年余り続くことになる。

古参兵と化した一男を誰も止められない。

憑かれた状態で手がつけられない。扱《しご》きの厳しさは、虐めに似る。酉坂に残している義弟豊の家族を充分案じての仕打ちだ、とは豊も得心はしている。一男も、怒りはするものの彼の妻子の顔を想い、我が事のように先々を案じている。

静は両者の感懐が手に取るように響く。いたたまれない。だから、心の限りを尽くす。じっと様子を窺って両者に怪しい雲行きを察知するや、話題を変え、茶菓を出し、危険を逸らす。二人の間に介入して、怒気を和ませる。

当意即妙、素早い機転だ。誰しも静の洞察力と即断力に舌を巻き、敬愛の念を抱いた。社員たちの静への信頼の情は厚かった。たとえ、一男の傍若無人な振る舞いがあったとしても、そしてそれが官僚気質ゆえに形式的、独善的にたびたびなっても、静の利発な人柄が社員に退社したいという気持ちを起こさせなかったのだ。一男も社員に厳しかったが、社員の家族を思い、ミスで叱り飛ばしても解雇までは考えなかった。

豊の自他共に認める要領の悪さは終生変わらなかった。そこへ、要領だけが良い自称遊び人が静の所にきた。一男の実の弟、忠昌、三十八歳だ。

富治の亡くなる前の年に生まれた忠昌は、父の顔を知らない。なぜか生来楽天家で江戸っ子気質だ。手先が器用、絵、工作、歌を能くし玄人跣《くろうとはだし》だ。背は一男より高く、美男子。世が世ならば芸術芸能の分野で一廉の人物になったに違いない。

忠昌は戦後、結核を患い、療養を兼ね何もしない時期があった。正業につかず無頼の徒、独自の人生観をもつ。縁あって芳絵と結婚、七年後、長女が生れる。

長女の学齢を機に忠昌を定職につけようと一男が画策、日穂精粉に入れる。やがて本人の希望で一男の会社に入る。やたら要領の良いのは先刻承知だが、それがあからさまでは他の社員の手前具合悪い、と一男は古参兵流の虐めの対象を、それまでの義弟豊から実弟忠昌に変えた。

変えた虐めはそれまでに輪をかけて激しく陰湿になった。兄は弟の要領の手の内を見透かすし、弟は親代わりの兄に一切逆らえない。戦中戦後の理不尽の残滓の引き摺りだ。一男は容赦ない。凄惨な光景も多々あった。

静はここでも心を砕いた。

忠昌の妻芳絵をよく三時のお茶に招き、料理が得意でないと知るや、漬物や煮物鍋ごと持たせるのが常となった。芳絵は戦時中に学童期を迎えた世代だ。料理らしい料理も食べられず、その上、空襲で焼野原の食糧難から、料理の伝統は一旦途絶えていたのだ。

静には、幸いなことに祖母マツから伝わる伝統の味があり、またプロの料理を得意とする義母テイの手解《てほど》きがあった。夫一男、義弟忠昌、義兄豊の特性のぶつかり、三竦《さんすく》みの緩和にさしたる成算があった訳ではないが、ただ旨い料理は人を和ますと、静は只管《ひたすら》心を尽くした。そのせいか、忠昌は五十歳の退社まで飽きずによく働いた。

その間、こんなこともあった。長女がネフローゼで入院、高校休学の際、兄弟夫妻四人は、挙《こぞ》って闘病態勢に集中した。二年もの間、忠昌は仕事もそっち退けで、病院に通い詰め、一男は病気完治を願って何も云わず、黙って忠昌に給料を支給し続けた。芳絵は独りっ子の病状に一喜一憂涙々の明け暮れだ。静は毎晩付き添い、励ました。甲斐あって、長女は復学、高校トップの成績で卒業した。その後は順調に、就職、結婚、子供も二人だ。

力を合わせ一朝有事の際を乗り越えたのだ。そして忠昌五十歳にして宣言する。これまでを捨て、これからは好きに生きる、と。

凄まじい人生観だ。激しい無常感の裏打ちだ。以来、七半オートバイを乗り回し悠々自適。ユーモアに富んだ悪ふざけともとれる悪戯を満喫していた。遊びを極め、孫の顔を見、六十四歳で脳腫瘍を発症。二年後、桜の花の舞うなか、旅立っていった。

忠昌は機知に富み、人の思いつかないような奇抜で巧みな発想で、驚きや笑いをとっていた。地位名利に執着せず、世俗を抜け出し、気高く身を処していた。反体制で、支配体制を否定し変革に目を向けていた。

葬儀の後、芳絵は万感の思いで静に謝す。

静は、実の弟を失ったと応え、涙滂沱として流れた。

際立つ個性の男三人に挟まれて、永い間、彼らの言動に揉まれに揉まれた静は、理知的頭脳を磨き上げた。思想は深く、広く、強靭になる。

日々繰り返し喧々諤々の仕事と労働の問題はしつこく静に付き纏う。で、考え込む。何らかの仕事に携わるのは、自分が世の中で有用で、何らかの役割を果たすためだ。それは自分の存在の意味を確認することなのだ。

だが人生の現実が容易ならぬものであるとも実感されてくる。さらに仕事をめぐるトラブルは陰湿な人間関係に起因するものが多い。それは救いがたく悲惨でも、職業や仕事への意欲を放棄し、断念することはできないのだ。本心では意に沿わない職種でも、それを失えば生計に困るという事情から、仕事や義務が耐え忍ばれているのは不幸なことだ。

無知と怠惰にうつつを抜かしていれば、自分の墓穴を掘ることになるという死の恐怖から、人間は自己の生存の確立に向けて、支配の知恵を学習するのだ。即ち自己意識的に、客観的世界を把握し直して、そこに自己を刻み込む精神に、真の人間らしさがあるという人間観が、労働と仕事の根底にある。いかなる仕事も労働も、個別的な次元にとどまらず、いろんな仕方で、普遍的な世界の人間的営為に接続してゆく。個別は普遍を離れてはありえず、また逆に、普遍は必ず個別化されなくては具体的現実にはならない。従って誰もが、その労働と仕事を通じて、世界全体と繋がっていて、社会的役割を演じているのだ。

しかし現実は、どこにおいても困難を極めている。

おそらく人間は果てしなく、仕事と労働をめぐる葛藤の解決に尽力することを要求される。国家や社会による解決は不可能なのだ。なぜなら、それらはあくまでも外的条件にとどまり、永遠に不完全だからである。人間は、最終的には自分の置かれた状況のなかで、仕事や労苦にまつわる諸問題を解決するより外ない。自らの理想とする事業と仕事し、労働し、ひたすら生き抜くことなのだ。

6

山麓に挟んだ信濃の地は、濃い森々を引き具して夜の闇に包むのが速い。寝支度をはじめた静が闇の中に形代《かたしろ》を見る。訝《いぶか》り家に招き入れると、それは、ひとがた、ではなく若い女性だ。姪のヨシ子、十九歳だ。

「家出してきちゃった」

どうしても実習の注射ができなくて看護学校から逃げて、列車を乗り換え静の許へ来た。父正吉の夢は息子を医師に娘を看護婦、だった。長男久道が医学部に入学し、娘ヨシ子を看護専門学校に入れた。豈図《あにはか》らんや、ヨシ子は学校をやめたいと訴えた。一男と静は唐突な出来事に錯綜した状況を考え合わせ、諸々根回しの時間を稼ぎ、一ヶ月の準備の後、ヨシ子を引き受けることにした。

静はここ一番、最も大切な瀬戸際だ、と考えに考えた。

まずは兄の正吉だ。復員以来、戦禍の隠れた後遺症で、黙思、黙視、黙識の徒に変わり果ててしまっている。その兄と夫一男との暗黙の確執がある。それは静の理を超え、手が及ばない。それに、適齢期の女性の過敏な感受性の危うさも考えなければならない。その上、新築といっても台所、風呂トイレの外に三部屋だけ。ヨシ子に一部屋提供しても食事は皆と一緒、雑魚寝の生活、それで暮らしの道が立ち行くのか。

静の堂々巡りは果てしない。凝っては思案にあたらず。なにせ生身の本人が目の前だ。一ヶ月後、準備ができた一男の連絡を受けたヨシ子の喜びは如何ばかりか。復員して来た父正吉の形相に「あれ誰、早く帰ればいい」以来、十年余の軋轢だ。この時の一男の連絡は、よほど嬉しかったのか、ヨシ子は深く記憶し、一男亡き後も懐かしがっている。

勤務先は一男の斡旋で日穂製粉だ。ヨシ子は明るく楽しげだ。毎朝はなぜか忠昌が自転車の荷台に乗せて通勤した。一男夫妻も、周りも明るい。子供たちも邪気なく気さくに接している。ヨシ子の動きにつれて、若盛りと明るさが周りに映える。

そして二年が経つ。束の間の晴れやかな青春の日々だ。徐々に会社の仕事にも慣れ、親しい男友達もできて、しばしば城山公園などに出向いている。

その行動範囲の陽気に静たちは喜んだ。だが酉坂の家族は娘の行く末に心を配っていた。静たちは気遣って酉坂に戻るよう説得した。ヨシ子は気が済んだのか、案外あっさりと戻って行った。二年前の深刻な緊迫感を思い起し、一男は複雑な心境だ。

静は、幼い頃から見知っているヨシ子だ。優しく、自己主張しない彼女が自分の進路について、親の考えをきっぱりと撥ね付け、生き生きした表情で行動していた二年間は、静にとっても驚きだった。そしてヨシ子が無事酉坂に戻っていって、安堵した。ヨシ子はその後、地元の有線放送でアナウンサーになり、縁あって大阪に嫁いだ。その結婚式で、静は万感胸に迫り声を上げて泣いた。

周りは驚いた。傍からは情愛に引かされた哀しみとみえるが、なにか払拭できない理不尽さを感じさせる泣きぶりだった。静は、結婚のもつ限界状況について、その不条理を納得できないでいることを感じ取っている。ひとごとではなく哀れに思えるのだ。だが静のなかの理詰めの萌芽が形になるまで、まだまだ時間と経験が必要だった。

その間、理屈を言い出す前に涙が出た。静はたくさん泣いた。自分以外の人の悲しみ、辛さで泣いた。哀調を帯びるや、涙だ。大粒を流した。我知らず流れている。

昭和三十八年十一月二十二日、ケネディ米大統領暗殺の映像が流れた。日米宇宙衛星放送、朝の第一報を見て泣いた。泣き続けた。テレビの前に正座して、割烹着の裾を持ち上げ、顔を掩《おお》って泣いた。頭に銃弾を受けオープンカーの後部座席に顔を埋めた映像は繰り返された。それから容疑者の逮捕、死亡、以後二十五日の前大統領の葬儀、埋葬まで、静は泣きっぱなしだった。

三十五年の東大生樺美智子死亡の報道でも静は泣き通した。全学連主流派学生約七千人が国会南通用門から構内に突入、警備隊と衝突、でも正座して泣いていた。また、その年の秋、日比谷公会堂で演説中の社会党浅沼委員長が左胸部を刃物で刺され、意識を失い病院で死亡、犯人は山口二矢、十七歳だった。この件で静は泣き明かした。とにかく静は泣いた。泣いて泣いてドライアイになった。滝の涙が渇れたのだ。瞼に痛みを感じ、病院でワセリン治療。それでも泣き続ける。

四十三年、陸上自衛隊の円谷幸吉が宿舎でカミソリ自殺、東京オリンピックでマラソン三位入賞者だ。遺書があった。「父上様、母上様、とろろ美味しゅうございました。干し柿、もちも美味しゅうございました……」。兄、姉、姪、甥たちに一々食品名をあげて礼と、一言を述べている。最後に、果たせなかった責任を繰り返し詫びている。静は「なにも死ななくったっていいのに」とぽつり、あとは涙、涙に語らせていた。

四十九年、ルパング島から帰還した小野田元少尉が残置諜者を命じた元上官から、命令を解かれた瞬間の敬礼姿を見たときも、涙滂沱として流し続けた、語り続けた。静の涙は語りなのだ。言葉だ。無意識の言葉だ。言語革命のソシュールは言う、貨幣と性と死は言葉なのだ。ましてや、涙は言葉なのだ。

静は嬉しいときも泣いた。入学、卒業、誕生のたびたびだ。だが、不思議に、たびたびの縁者の死には意外とクールだった。他人の感情をその身になってともに感じる同化作用よりも、現実を批判的に対象化してみる異化作用の傾向が、静にはあったのだ。冷静、超然の態度だ。

7

ヨシ子が吉田の静夫妻のもとから西坂に帰ると、入替わりに好漢栄一が現れる。彼は一男の姉貞子の長男だ。

昭和二十年。貞子は戦火の激しくなった東京から甲府に疎開していた。母テイ、夫昭太郎、弟忠昌、生まれたばかりの栄一が一緒だ。七月七日未明、空襲警報が鳴り響く。皆で外へ出た。雨霰《あめあられ》に降る焼夷弾で昼の明るさ、あちこちで火の手だ。橋の方から大勢の人が逃げてくる。咄嗟の判断で貞子は人の流れの逆へ走った。

途中、背負った栄一のすぐ後で焼夷弾が炸裂した。すんでのところ、直撃されずに済んだ。ねんねこ半纏《ばんてん》に火が点いたか触って確かめるや、また走りだした。一晩中逃げていた。巷間、甲府空襲と云われる。

橋の一帯は死体の山だった。咄嗟の判断で命があった。ばらばらになった家族も幸いに一緒になった。夫昭太郎の実家の土蔵に間借り、終戦の日まで凌いだ。二週間後、高射砲隊から弟一男が戻ってくる。

その後の紆余曲折を経て、一男は母テイとともに柏原に拠点を構え、忠昌は肺結核を発症し長野日赤に入院、貞子は昭太郎、栄一とともに山梨に残る。さらに三年後、柏原で静と生活をしはじめた一男のもとへ貞子が栄一を連れてやってくる。栄一がいては働けないのでしばらく預かってほしいという。

静は困り果てた。物資の不足、物価の高騰の時代だ。老いた義母を抱え、その上小さい子供を預かる責任は重大だ。母親がいないとなれば、お咎めなしの我儘放題、聞き分けのない、やんちゃ坊主の栄一は静を挺摺《てこず》らせた。

静に長男が生まれると、栄一は貞子に連れられ小学校入学へ戻っていった。代わりに栄一の弟幸宏がやって来る。甘えん坊、甘えたい盛りに母親がいない、それに矢鱈《やたら》の小便滴れで静を困らせた。静の長男義一《よしかず》と一つ違いで幼い意識は同じだ。大人しい義一に掴み掛り引っ掻き、生傷が絶えなかった。

静はなけなしの金を叩《はた》き、貞子の子には牛革のランドセルを、自分の子には豚革のを与えた。貞子の甲府空襲の生々しい話や、焼夷弾の直撃を免れた孫に寄せる義母テイの気持ちに感動した静の、せめてもの心を通わす道だった。だが静は六年間、義一の背中のざらつく痘痕《あばた》のような豚革のランドセルを見ては溜息をついていたのだ。

幼い栄一、義一、幸宏が仲良く従兄同士ならではの付き合いをしていた。静はその様子を見て、将来何があってもこの絆は消えないと頼もしかった。

栄一が中学校を卒業したとき貞子は、経済状況で進学させず、就職させたいと云ってきた。静と一男は即座に反対する。援助するから進学させろ、と。弟忠昌にも依頼、忠昌は妻芳絵とも何とか遣り繰りして、毎月奨学金の形で仕送りした。それぞれ家庭の状況を抱えながら、栄一進学の一点に思い入れが集束してゆく。

静、一男も家新築の借金もあり、学童期の子供三人抱えて大変だった。栄一はそんな諸般の事情を知ってか知らずか、高校時代を謳歌していた。やがて卒業、日立製作所に就職。

五年の月日が流れる。

8

ヨシ子が吉田の家を離れたのと入れ替わるように、横浜から栄一が静の前に現れた。横浜は栄一がいつも遊びにきていた街だ。横浜は東京より御洒落で、ダンスの新しいステップも横浜で流行って後、東京で流行る。ファッション然り、音楽もまた然りだ。栄一はすっかりナイスガイぶりだ。会社を辞めて叔父さんのような商売を始めたいと言う。栄一には、どこか垢抜けたセンスがあり、高校時代からバイクを乗り回し友人も多く、貞子の心配をよそに上手に遊んだ。

女にもてた。長い付き合い、短い付き合い、さまざまだ。遊びと結婚は別だと考えていた。ただ、会社の安月給では、独りの生活もままならない。何とか打開すべく、やや敷居の高い叔父一男を訪ねたのだ。一男は驚いたが栄一の思っているほど抵抗しなかった。一男には目論見があった。姉の貞子を将来看てもらうには、栄一に経済力をつけさせる必要がある。

静は寝泊りの準備を整える。

栄一の修業が始まる。一男の古参兵魂が炸裂する。豊、忠昌、栄一へ三段の構え、三段論法駆使の日々だ。静は目まぐるしく変わる日常に黙々と対応した。疲れ果てて帰って来る栄一に、疲れて帰宅した静の接遇だ。ヨシ子と違い、夫の身内への特別の気遣いだった。

栄一の仕事に対する熱意は激しく、一男の厳しさに対応し、耐えた。一男はさらに栄一の金銭感覚を磨くため、名古屋のベテランに栄一の修業を依頼した。一男の徹底は苛烈をきわめる。

かれこれ二年後、栄一は独り立ちする。横浜の小さな店能登屋からスタート、しばらくして二階建ての大きな店舗に移る。静と一男が祝いに駆けつける。高度成長の波にも乗り、栄一は営業の才覚を発揮する。「家庭の米櫃《こめびつ》を管理します」を謳い文句にコンピューターを駆使、米の販売で業績をあげた。延び続けた業績は余裕を生み、新店舗を開き、箱根に別荘をもち、韓国旅行にもたびたびでかけた。

この間、栄一はキュートな吉川清美と結婚、子供を儲《もう》ける。弟幸宏も会社を辞め能登屋に参加する。同じ頃、体の弱った父親を看取り、葬送した。順風満帆の栄一だ。

一男は、企画プロデューサーとして確かな手応えに充足した。敲《たた》きあげた自画影像の自信作だ。夢かと自問した。一方で持ち前の悲観、慎重気質が首を擡《もた》げ、栄一に警句する。千仞《せんじん》の功を一簣《いっき》に欠くな。

だが弾みのついた馬車馬には耳に入りにくい。入っても捨て身で活路を見出して来た馴れがある。

能登屋一家が静と一男の長野に来るには、車二台に分乗し、総勢十二名だった。酷《きび》しい気遣いの静だ。寝泊り、食事、洗濯、入浴、それに名所案内。まるで旅館の女将並だ。もはや異常な配慮だ。それは次男の昭治が能登屋で修業中だからだ。一男が栄一に鍛えるよう依頼したのだ。

そして事件が起きた。敏腕従業員の一人が、支店の大金を持ち逃げしたのだ。経営のゆるみで起るべくして起きたことだ。不法に奪われた大金の処理、損失を被った支店の経営、この二点で一男と栄一が意見の一致をみる。それは、借金の残ったままの支店を昭治と妻紘子に任せることだった。

一男は、その支店のある横浜郊外に大型団地で大規模ベッドタウンが出現するとの情報を握っていた。その暁には膨大な量の米の需要が見込まれ、昭治の店は必ず軌道に乗ると踏んでいたのだ。静は持ち逃げ以来の事態の推移を気を揉みながら見ていたが、益々不安が募ってくるのだった。体の弱かった昭治が人並みにやれるかどうか。

予感は的中する。昭治が朝から晩まで働いても赤字が増えるばかりだった。肝心の団地の計画が大幅に遅れているからだ。昭治は次第に痩せ衰えていった。一男は状況を吟味、苦慮し、昭治夫妻の引き上げを決断する。二十年来の奮闘だった一男の計画の挫折だ。この処置は関係者の間に少なからず禍根を残すことになる。

一男の理想への志向は世によくある一事業の盛衰物語だが、それに賭けた生き方は、彼独自で特異だ。人間の業、運命への挑みだ。人間の生きる強さ、弱さを駆使して、情熱の完全燃焼、行為の純粋性への追求だった。一男は人智を超えた大きな力を引き寄せようとした。その快挙は、聴く人の心を動かすに充分だった。

9

ヨシ子が大阪に嫁ぎ、静の苦労の末栄一の事業が軌道に乗った頃、ヨシ子の妹サト子が静を訪ねてきた。彼女は高校を卒《お》え、選考の難関を突破して銀行に就職した。ヨシ子同様成績優秀なのだ。そのうえ容姿端麗、魅力に溢れていた。

ある日、同僚の男に誘われて車で金谷山の頂上にいた。草叢で眼下の絶景に見入っていたとき、突然倒されてのしかかられた。わけがわからず抗った。事無きは得たが、尊敬が恐怖に変わっていった。男の興奮した形相が瞼の裏に焼き付いた。

この時の衝撃がサト子の心から離れない。誰にも云えず心の底深く沈んで行き、絶望に固まった。その衝波は以後サト子の奔放な行動の起因になり、生涯の荒れ模様に憑いて回るのだ。

当時「速く事に及べば拿捕できる。捉まえて自由にさせない」が男の常識として俗理、蔓延していた。そんなこととは露知らぬサト子は、事柄の驚きとともに自責の念さえ惑じていたのだ。なぜ下着に手が掛かっていたのか、と。それが、多くの女性の悲劇の遠因に繋がっていた事を、もちろんサト子は知る由もなかった。

他に艶話もあったが、サト子は諦めた。

そしてこの同僚の男と結婚した。

だが婚家の封建的な考えと仕来り《しきた》に付いて行けず、さらに姑が息子夫妻の家計と金銭出納の権限を握るに及んでは、サト子は婚家を離れざるを得なかった。夫と二人だけの生活を持つには持ったが、この間、愛の認識の摺り合せが不調で離婚にいたった。

才媛で美貌の離婚となれば、多くの人々の耳目を集める。世間の目は殊更厳しい。サト子は初め戸惑ったが、怯まず胸を張って前へ進む。その特有の事務能力を発揮して幾つかの職業に挑みはじめる。

そのたび、力強いアドバイザーの静の前に話しに来るのが常だった。まず歯科事務の資格を取得、歯科医院に勤務し、アパートを借りて自活する。大人しいと思われていた性格の陰に、しっかりと自分で考え、自分の意見を述べることができるもう一人のサト子がいたのだ。

そんな彼女が、この歯科医院の働く待遇で意見衝突があり、論争挙げ句、労働基準監督署に訴え、訴えが認められるということがあった。認められたが、諸般の状況でその歯科医院を辞めることになった。サト子は間違ってはいない、理由は正当だ。だが女性が正当を強調しても必ず竹篦返《しっぺがえ》しを喰らう時代だったのだ。

静はすぐさま医院に出かけ、お世話になったお礼とお詫びを述べた。西坂に比べ長野は地方都市だが、事が延びれば尾鰭が付く、出来るだけ速く処理するのが、静の心構えなのだ。静は一旦緩急で、真実と俗諺の狭間に身を置く、を常とした。二つの間際で考える。見えないものが見えるのだ。対処が速い。

歯科医の妻は、事を荒立てないと約束し、加えて、サト子が懸命に働いてくれた、と静に感謝を述べた。これを弾みに、サト子は一気に自由奔放になる。自己を通し、生き方を模索する。

歯科の次に始めたのがゴルフショップの店員だった。そこにサト子の運命を左右する男が現れる。医師の田村だ。サト子の年齢を二回り上。元々船医で外国へもたびたび、人生に長《た》ける。妻子あり母親も健在。

長野市郊外で医院を開業、近隣の評判良く、妻が手伝っていた。その田村医師がサト子に目をつける。注視。ほどなく、二人は人目も憚らず連れ立ち歩くようになった。田村には馴れた習癖で、妻も黙認だ。一方のサト子は馴れがなく、初めてのことに溺れ込み突き進む。男に心奪われ、なり振りかまわぬ有り様だ。

静は驚いた。男の家庭を壊すことを危惧し、サト子に警告する。

だがサト子は一切耳を貸さなかった。高校卒業以来、自己を貫こうとするたびに阻止され、想いを呑み込むだけが多かったことを振り返り、絶対田村と別れることは考えられなかった。その意地は生きるための根拠、生きる根性であり、それを譲れば自己崩壊が明らかなのだ。

性愛絡みの問題は、未経験で苦手だと静は思い込んでいた。ただただ男の家族への配意だけを憂えていた。やがてサト子は半ば強引に田村の家に入り、田村の妻は家を出てアパートで暮らすようになる。家に残った田村の母親と子供たちと一緒に、サト子が大過なく暮らせるはずもなく、錯綜した事柄が次々に起っていった。

それでもサト子は入籍を果たし、二人でヨーロッパ旅行にでかけている。一男は云う「他人を不幸にして幸福になるやつはいないと思ったが、サトちゃんの場合例外だな」。

静は、入籍の報告を受け、親戚中でただ独り、木曽漆塗り椀五客をプレゼントした。実に静らしい。自身も悩みながら、思考の多次元性を考え、何よりもサト子の現実の感情を尊んだのだ。理の道に適っている。

その後もサト子の道は波乱含みだ。

田村の長男の過失で住宅の火災があった。ストーブの灯油の注ぎ足しで引火、だが真偽は不明だ。次いで田村に別の女性との関係が発覚、サト子のプライドに火が点く。熾烈な戦いが続き、サト子が田村医院の診療カルテ全てを大型ボストンに入れ、家を出る。そのまま静の所へ。有無をいわさず置いて帰る。一ヶ月後、他の女との断絶を約束してようやく返す。サト子の決意は固く、今後は診療カルテを燃やすと告げた。サト子は徹底抗戦で、遂に田村を奪還した。

その後、田村は入浴後倒れて、呆気なく亡くなった。サト子の一報で一男と静は駆けつけ、手際良く処理、葬儀も滞りなく終えた。サト子の長い闘いは終ったのだ。それはサト子の徹底した抗いだった。不幸な自分に拘泥せず、自分の納得した人生街道を歩きたいのだ。なぜ不当で、許しがたい扱いを受けなければならないのか。なぜ辛く、苦しい、耐えがたい悲惨や屈辱を課せられなければならないのか。いくら自問しても、その理由がわからず、ひたすら苦悶し、絶望する。そこに不幸と苦悩の本質がある。

不幸と苦難のなかで煩悶している人は、この世に正義の光が失われていることを感じ、苦悩する。この正義への確信は、絶対に譲れぬ信条であり、人間世界に対峙して生きる最終根拠なのだ。それが失われている。そう感じる時、苦悩は深い。

人間のなかには争いへの傾向性の強い人がいる。奮戦して生きることで自己の生き甲斐達成を目指すのだ。生きることは、欠如の意識にもとづき、それを充足させるという情熱と運動において成立する。あらゆる意味で完全な充足は人間には不可能だ。その自覚の上では、人間は終生不幸なのである。

茨にみちた人生を顧みながら、ニーチェの云う「難破しながらも、よく航海をした」と安らかな心で、自己の運命を見つめる、それが人間なのだ。

10

「パパ、病気ですかねえ」

夫久道の乱行ぶりに、妻聖子が嘆いてきた。静は、大変だねぇ、とだけ言うと片方の手を握り締めた。目に余る女性遍歴の数々にお手上げの妻だ。

久道は妹ヨシ子、サト子、ノリ子三姉妹の兄だ。正吉の長男として昭和十三年酉坂に生まれる。久道と静の末妹マッコとは一つ違いだ。マッコが一週間遅く生まれ、久道が二週間早く生まれていれば、叔母と甥の関係にある二人は、小学校入学の年が重なったと、よく家族で話題になった。

十一人兄弟の末っ子と長男夫婦の長子がほぼ同じ頃生まれるというのは、戦前は珍しくなかったとはいえ、話題になった。久道は静の兄弟の一番下という感覚で育っているのだ。

藁葺屋根の民家、四の字屋敷の囲炉裏、久道は妙高山の靄を見ていた。

昭和十五年、弟伸道が生まれ、間も無く、太平洋戦争勃発、父正吉をはじめ叔父たちが次々に戦場へ召集されていく。妹ヨシ子が生まれる直前に、伸道は亡くなった。わずか二歳だった。庭に落ちた青梅を口に入れ、噛んで呑み込んだ。青梅の毒は青酸カリに匹敵する。苦しみ抜いて死んだ。久道は四歳だった。幼い弟の姿が心に焼ついた。

前々年五月、叔父弦一郎が逝去、その暮れに曽祖父平一郎が亡くなっている。弟、叔父、曽祖父の死、戦禍の死、そしてヨシ子出生、幼い久道には物心つく頃から死と生は隣り合わせだった。

敗戦の年、尋常小学校入学後、小学三年で新学制の小学校へ編入、教科書の墨塗りを経験している。長兄の役割として、妹三人に、戦争に敗けた事、天皇の赤子だった事などを説いた。戦争放棄で軍隊なしになる不安には、永世中立のスイスで説明し、男は殺戮、女は稜辱という敵の流説に怯える人々には、態度毅然の少年がもつ資質は希有だった。

久道の成績は優秀だった。義務教育の間は級長を務めた。ところが高校を卒業し、大学医学部を受験するが、失敗。翌年も失敗。翌々年も失敗。三年目の六月、祖父象二郎も亡くなった。

久道、心身ともに困苦に忍ぶ。当時、医者の家系外の者が受験する際の艱難辛苦は後々までの語り種だった。父正吉は、祖父母の遺した田地田畑を切り売りしながら久道の勉学の費用を捻出した。三浪の末、四年目にして新潟大学医学部に合格、嬉しくて泣いたのはよほどのことだ。

その後は順風満帆、浪人期の基礎学力で全ての試験は満点近い秀才だ。そして兎に角、よくもてた。白いテニスウェアで颯爽とテニス部で活躍、女子学生の憧れだ。インターンでは医局の看護婦たちが取り囲み喚声をあげた。注目を浴びる。母ハツエが自慢し嫉妬した。白衣の彼は、何しろもてたのだ。母には、夏休み、耕転機に乗り田圃仕事を手伝う優しい青年だ。親戚からは羨望の的、酉坂の村でも評判になった。

久道は医師免許を取得する。

中学の同級生だった聖子は二十九歳になろうとしていた。二人は長く級長副級長のコンビだった。気心が知れている。聖子は、頭がよく、色白、機転が利き、フランス人形の美人だ。縁談は多々あった。

複雑な家庭で父親はいなかった。正吉、ハツエは聖子の存在は知っていたが医者になった息子の嫁としては適さないと考えていた。聖子の心は揺れていた。若くから、医者志望の久道を支え続けて来たが、結婚は難しいと判断、諦めを覚悟した。

その時久道が動いた。聖子を手離せないと悟り、ハツエに父を説得するよう懇願した。そして二人は結婚する。長女が生まれ、次女が生まれる。待望の長男も生まれ、新井市内に、当時なかった透析設備を導入した外科医院を開く。監察医を引き受け、夜中、警察の依頼に応じた。地域のための貢献は大きかった。

昭和四十七年、静の妹マツコの婚家で事件が起きた。夜中に義母が首を吊った。

一報で、静と一男は長野県から新潟県に入る。妙高駅前で旅館を営む妹のもとへ駆け付ける。直ちに医師久道に電話、善処を頼む。久道は事故扱いとはせず、心不全の診断をして、無事葬儀を済ませた。夫に先立たれたことで先行きを悲観し、高齢で崩した体調に絶望してのことだった。

葬送を済ませたマツコ夫婦は静、一男に深く感謝した。静はたまたま数日前、義母を訪れ熱い湯で清拭した。「気持ちいい」と静を見つめ、涙で手を合わせていた。静は笑み、頷いた。

それから間もなくの別れだった。

「久道ちゃんはよくやってくれた」

と一男が阿吽の呼吸の動きに感謝していた。

その久道は、地域に医は仁術なりを伝播するため、身を粉にして働いた。負担の大きい透析患者の受け入れ、特殊な緊張を強いる監察医の仕事は、ストレスが大きい。そのストレス解消に、早朝、休日ゴルフに嵌り込む。休養にはならない。ストレス解消が増殖になる。やがてミイラ取りがミイラになる。

疲労の蓄積は危険だ。

ある日の深夜、警察からの検死、そのまま徹夜で翌朝、通常通りの診療をした。その日の夕刻、心臓麻痺で亡くなった。五十歳の早逝だ。妻聖子は茫然自失、久道の位牌だけを胸に、学業半ばの子供たちを連れ、婚家を去った。父正吉は、果たした念願の喪失に衝撃は堪え難く、気が抜けて、久道の面影のみを追い、傍らに人無きがごとく、独り旅に出る。

母ハツエの傍には大阪に嫁いだヨシ子夫婦が戻ってきていた。久道が死んで、正吉の描いていた先祖から伝わってきた大きな大黒柱が見えなくなった。祖父平一郎夫妻、父象二郎夫妻次いで正吉夫妻、久道夫妻と継ぐものの断絶だった。酷い挫折だ、家族制度の崩壊だ。

現実には正吉にもう長男はなく、長女のヨシ子が家督を継ぐ、家の跡目を継ぐことになる。静、一男、ヨシ子が鳩首を繰り返しても溜息だけだった。静には、注目を浴び続けた白衣の久道の姿が過《よぎ》る。サト子の夫田村医師も過る。傍らに栄一もいる。頼もしく凛々しい男たちだ。

長らく彼らと関わってきて、彼らの相手の女性たちの声がいまでも静の耳に生々しい。その声は静には、切実で、いつも死ぬ生きるの境の叫びに聞こえた。静の判断に縋《すが》ろうとしていた。静はその声に充分には応えられなかった。

「私って恋愛知らないでしょう」が静の口癖だった。そこには羞恥と欺瞞があった。いつも忸怩たるものがあった。

静の図書館通いが始まり、読書に耽り、読書に嵌《はま》っていった。

刮目して未知の世界に挑んでいった。

11

愛の問題はさまざまな要素がつきまとい簡単ではない、多くの意見がある。

辞典で、愛という漢字の造られた元の意味を捉え直すと「心を強く打たれて、息が詰まるような思いになり、切ない気持ちで、行き悩む有り様を表すため」とある。愛は通常思われているよりも、ずっと深く人間の心の奥深い悩み事に関係するのだ。

明朗で無邪気で活発で溌剌としていて愛嬌があるものに心惹かれ、魅力を感じる心の作用を、通常、愛と思い違いしている。そうした表面的、感覚的な好みの問題ではないのだ。対象を深く大切に思い、それを慈しみ、尊厳を守ろうとする強い根源意欲ないし生命意欲に関係するものだ。

作家倉田百三の言葉は強烈だった。「……私は男性の霊肉をひっさげて直ちに女性の霊肉と合一するとき、そこに最も崇高なる宗教は成立するであろうと思った」。本能的な愛欲を、哲学的な認識を通して、倫理的な、宗教的な愛にまで高めるべきだという。だが、自然的欲求と結びついて、男と女が、自分の半身を求めて恋い焦がれるという恋情や欲情も愛の視野に入る。その結果、肉体的官能の快楽のみを求める永続性のない、低俗な、享楽的恋愛も生ずる。

フランスの文豪スタンダールは、恋愛によってその対象を美化させてしまう心理を〈結晶作用〉とよび一世を風靡する。〈恋愛論〉では、真の恋愛とは、統制のきかない一種の〈病〉であり〈狂気〉であり、情熱恋愛に囚われた者は正気を失った、滑稽な存在だという認識だ。また、男には、女を征服する過程にしか興味のないドン・ジュアンと、プラトニックを標榜するウェルテルの二種類がいる、と述べている。

スタンダールに劣らず夙《つと》に注目の文豪は森鷗外だ。彼は「ヰタ・セクスアリス」で性の自分史を赤裸々に描いた。情動に支配される人間に対して、情動を支配する人間の姿を描いて好評だったが、内部に潜む情動の力そのものは描き落とした。次の作品「青年」では、主人公は恋愛に成功するための美貌と富と自由があり、性を享楽し、性に耽溺する。だが満足しない。性欲とは無関係な、別なもののために生きようとする。性欲の克服、その葛藤は性欲の問題としては終らない。理想的な生の模索に尽きるのだ。

静は外に目を遣る。

図書館の窓は飯綱山の大きな山容、奥に戸隠連峰で視野一杯だ。見慣れた風景で眼を休め、脳を休める。静は文字を目で追いながら耳で聴いている。声は、甥久道になり弟の章雄になる。静は聴くだけだ。聴くは幼い静の特技だった。それは速い。それで小学校を一番で出た。校長に誉められた。それ以来の読む快感だ。耳から、記憶の庫へ静は直行する。

幼馴染が想い出される。学校の行き帰り一緒だった静の菩提寺の一人息子、一暢だ。

特攻隊を志願し戦死。西行の歌では義弟忠昌に出会って驚いた。「願はくは花の下にて春死なん……」居間の壁に貼ってあった。願い通り、桜吹雪の葬儀だった。

時々想い出される男たちと、静は読書を続ける。

恋愛と性欲の著作は多岐にわたるが、静は読破の速度をあげる。庫の中は記憶の山だ。静は口には出さない。じっと黙っているほうが、想いは痛切。鳴かぬ蛍が身を焦がす。

「人間にとっては、〈性〉というのは、自然的動物的行為であると同時に、幻想的行為であるという二重性をもっています」。吉本隆明だ。ミシェル・フーコーの日本への紹介者だ。導かれて静はフーコー『性の歴史』三巻の読破にかかる。

哲学者であり医学に精通しているフーコーが晩年、八年かけた著作には医学的、解剖学的分析も含んでいる。静は白衣の久道医師、田村医師を心に呼び出して読みを頼む。二人とも女性遍歴があり、愛については思索したはずだ。これほどの適任はない。

フーコーにとって、性行動はどのようにして知の対象になったのか。これまでの定説は、精神医学者のフロイトが性的エネルギーのあらわれに、性的なものと性器的なものとに区別したことに基づいていた。性的なものは性器的なものよりはるかに広汎かつ根源的なのだ。

それ以前、性的欲望は狭く限定されていた。即ち、性器、性本能、生殖機能だ。フーコーはそれとは対称的で正反対の立場だ。性という、性的欲望発生の装置によって定められた想像をすることによってのみ、各人は自分が何者であるかという理解が可能になる、と云う。この指摘で長い間、我々が名付けようもない暗い衝動だ、と感じていたものに陽が当った。それは重要なことであり、畏怖であり、それへの配慮が必要なのだ。D・H・ローレンスは云う。「夥しい性行為があった。性的本能の完全な理解は性行為そのものより重要なのだ」。

フーコーは愛欲の営みと健康、生、死についてその相互関連の省察を試みている。それは、他者との関係ではなく自己との関係に焦点が当てられていく。それは人間主体が性について、いかに思索したか、いかに実践するかだ。

そしてフーコーは性的行動の核心として挿入行為に言及する。この挿入の形式こそが性の実践の本質であり、挿入での主体の立場はいかなる者か、問われるのだ。「挿入によって二人の当事者は支配と服従の関係に置かれる。挿入は一面では勝利、他面では敗北であり、一方にとっては権利の行使、もう一方には必要な強制である」。

挿入は体の交わりの次元にも、社会関係の次元にも、経済活動の次元にも位置づけられる本質的な行為なのだ。そして二人の当事者との関係および挿入の問題から、自己との関係および勃起の問題への移行が起る。それは自己への関係の強化であり、自己の陶冶、自己への配慮の増大である。

ローマの医学者であり哲学者のガレノスは云う。激しい欲望が人間を性行為に駆り立てるための動機だ、という考えは誤りだ。それは身体の機構の帰結として、まさしく組み込まれたものなのだ、と。欲望と快楽は、身体過程が直接産み出した結果なのだ。圧迫と突然の排出がもたらしたものなのだ。

心は体の誘惑によって引きずられるべきではない。医学者ガレノスは更に云う。動物はもっぱら、疲労の一原因である精液を排出するためにのみ、交尾へと向かう。動物にとっては、交尾へ駆り立てるものと、糞便であれ尿であれ、自然に排出したくなるものとのあいだには差異はないのだ、と。哲人の医学的養生法が提案するのは、欲望の一種の動物化である。虚しい表象を払い除け、生理的な排出という厳しい事実に対処することだ。「溜まっている精液を排出して体を軽くする。精神のなかに心像を置くおそれのあるものが入り込まないようにする」、つまり、性欲をかきたてる思索とか思い出とかを完全に絶つことだ。

「節制を重んじる人が性の営みを行なうのはそれに結びつけられる快楽のためではなく、実際にはいかなる喜びも存在しないかのように不快を取り除くためであるのは、明瞭である」。ガレノスが哲学者ディオゲネスの行為から引き出す名高い教訓だ。この哲学者は、来るように求めておいた娼婦を待ちもしないで、もてあましていた精液を自分自身で放出したという。そうしつつも、この哲学者は、自分の精液を出したいと思ったものの、この排出にともなう快楽を求めたわけではない。

これは哲学的な教訓の価値と必要な解決策の価値とを同時にもつ、自然な放出行為なのだ。公衆の面前で「自慰」行為を行なった哲学者の言い分は「……その行為たるや、魚類の例で自然みずからが私どもに指示しているものである。その行為は私どもにしか所属しないのであるから、しかも私どもは自分の足をかくためには他の誰をも必要としないのであるから、それは道理にかなった行為である。（中略）これは自然そのものの行為であって、情念とか人為とかとは無関係に、しかも独立したかたちで、必要最小限の欲求に応じる行為である」。

思索の歴史を追ってきて、フーコーは結論で述べる。性行為はずっと以前から、実践への厳しい対策配慮の養生法が要請されてきた。その養生術も変化してきた。変化で際立つ特徴は、自己への配慮という、ある生き方の術の展開だ。この術が力説するのは、人が自己規制を保って、結局は、完全な自己享受に到達する手段のための実践と鍛練の重要性だ。

静には目から鱗だ。わかるとわからないがあるのがわかった。

性の深淵は底知れない。勃起と性衝動を結びつけるのは男の都合だ。性行動の言説はほとんど男の理屈だ。虚妄だ。女の不幸の始まり、悲劇の源だ。

勃起の対処は男の分担、生理の対処は女の分担だ。秀才の久道は感慨深げ、身につまされたか。ベテランの田村医師は言葉もない。静の記憶の庫へ、思いは満載だ。口には出さない。黙して語らず。だが思いは痛切だ。

12

正吉の三女で、久道の末妹のノリ子は、遠く四国の松山で夫と暮らしている。三姉妹のなかでもとりわけ勉強ができて、高校卒業と同時に勧められた大学進学を蹴り、東京の大手製薬会社に就職した。

末っ子らしい愛らしさと才気を兼ね、兄姉の様子を熟視し、早くから酉坂とは一線を画し、交流の義理を区切っていた。全てにクリアーで冷静だ。松山で二女を育てていて、遠い酉坂のことは姉の判断に任せている。

長女ヨシ子は久道亡き後の十余年、豪雪の酉坂で暮らす。そんなヨシ子の夫にアルツハイマーの症状がでる。悩んだ末、精神科に入院させると、間もなくその病院で亡くなった。冬二メートルを越す豪雪地帯の西坂での独り暮らしの限界を感じ、再び夫の生地、大阪へ、夫の位牌、わずかの身の回りのものをもち、単身引きあげる。

土地家屋はすべて入手に渡った。明けても暮れても耕し続け、土地を拡げ続け、死力を尽くし、十一人の子を生み育てた象二郎、サヨ、その親の平一郎、マツの努力は平成二十七年の秋、全て終る。堂々の茅葺屋根、大囲炉裏が音もなく崩れ散った。静はヨシ子の決断と行動にはただ頷くしかなかった。

静は西坂を懐かしむ。

静は春生まれて秋には這った。間取りを辿って畳敷きから板の間へ自由に這った。太い足で畳を蹴り、上がり框《がまち》を越えた。翌春には立ち歩き、裸足で降りて土間の感触を確かめ、祖母、母、すぐ上の兄のあとをついて回った。静は用心深く周りを見、何事も慎重だった。

裏庭の土蔵の石段にも上がった。台所の水場の水に興味をもった。裏の小川のせせらぎに足を浸す。田の畔道は柔らかく、草の感触が足裏を撫でる。日が暮れ、父の肩に担がれ帰る。夜は母の布団でぐっすり眠る。

静は口数少なく、しっかりと人の話を聞き分けた。見様見真似で祖母の手伝いをした。膳を拭く。雑巾掛けをする。祖母の手料理、縫い物の手元を、飽く事なくじっと見つめた。酉坂の草、川、山が静の体の発育を促し、脳の発達も促したのだ。

静は窓の外、すっかり青葉になった雑木林を眺めている。珍しく四日連続の図書館通いだ。青葉の繁りが、今年の桜の花はどうだったか、すぐには思い出せなくしているようだ。爛漫ではなかった。

桜の花が舞っている。穏やかに静の想いに舞っている。霊柩がゆく。義弟忠昌の遺影だ。機知に富み、発想豊か、眉目秀麗。葬儀の余韻がいつまでも消えない。忠昌との半世紀の時間が、懐《おも》いが静の胸に去来して、心を寄せる。居室の壁の「願はくは花の下にて春死なむその如月の望月のころ」、まさにそのとおりの死だ。言葉に余る。遺された彼の妻、娘と偲ぶ心の交感だけが静の慰めとなった。

物心がついて以来、夥《おびただ》しい葬儀があった。山麓の足袋裸足の列伍から、街の茶毘所の竈蓋まで、縁戚の最期の看取りだけでも十指に余り、知人、友人、馴染では、その三倍を越える。静はこれまでを指折り数えて心有り顔になる。齢七十を数えて、今昔の感に堪えない。

13

古希は古来稀なり、という。稀とは、めったにない、普通を超えた年齢だ。年をとっていることは老いていることだ。

老いの実感のない静は考える。

老いてゆくのは自分だが、そのことを知っているのも自分だ。酉坂を知っている柏原も知っている。記憶している。記憶された自分もいる。若い自分だ。記憶している自分はいま年老いてゆきつつあり、やがて死を迎える覚悟のある自分だ。来し方行く末を考える自分だ。生老病死を超えて、すべてを見て取る、心眼、精神、人格として変わることのない自分がいる。老いてゆくのは自分だが、老いていかない自分もいる。

ある日、娘が子供を連れて住んでいた家を出た、夫を残して。静には晴天の霹靂だ。思いもよらない衝撃だ。そんなことは余所の家で起こることだと思っていた。我身に起こるとは、余所のことでも切なかったのに、我身とは。何も考えられない。慌てる。

試行ならぬ思考錯誤を繰り返しても、いかな解決策の緒も見えない。堂々巡りだけだ。昨日は人の身、今日は我身、静は夫と共同運営とも云える会社を退いてからの十年を振り返ってみる。おおよそ人生の節目を感じていた。

あの時か、この時か、一体娘に何が起きていたのか。娘は自分で決めた人と結婚し、生まれた孫娘は、静の初めての孫だった。静は、娘には貧しくて出来なかった想いを孫に当てていく。七段飾りの雛壇、高級子供服、手作り洋服の数々。娘の長男が生まれた時にも同様にした。

娘の就職した教育界では、いわゆる年季と呼ばれる制度がある。新採用の三年間と次の三年間は転勤の場所を選べない。娘は当初六年間、新潟の福島県境にある山間の学校に就任、転勤、冬の豪雪地帯で過ごした。

静は毎月片道七時間、列車を乗り継いで娘のところに通った。それは、仕事と育児の両立の難しさを訴える娘に、どんな手助けもするから両立を、と説得していたからだ。

静には、苦い懐いが染みついていた。結婚後、手に職なく、家計一切を姑の手に握られ、不自由極まりない暮しだった。娘には、何としても自分で稼いで生活を、が希望だった。静の希望は教訓に、信念に、そして生きる規範にまで確立していた。

娘は、幼生《おさなお》い歌好きで負けず嫌い、口達者で物怖じない。病気が回復するとリーダー気風を培い、音楽、運動に活躍した。そんな姿を見て静は病弱の低学年を懐い、安堵と喜びを心に刻んでいた。娘の音楽に励む姿は頼もしく、親戚の揉め事、夫の難題、姑の我儘、四面楚歌のなかでも、娘に寄せる期待が自分を励まし、力が湧いた。

娘は大学を卒《お》えて、念願の音楽教師になった。年季明けを待って音楽活動を再開、教職の傍ら、歌のレッスン、舞台の稽古に熱中していた。その演奏会には、静は欠かさず観客になった。静の妹たち、夫の兄弟にも声をかけ伴った。

静が娘の子育ての片棒を担いだ頃、長男夫婦にも長男が生まれ、翌年次男が生まれた。静はどの子にも同じく真新しい産着を用意し、共稼ぎ夫婦の手助けをした。静は一時期、孫たちの子育ての渦に巻き込まれ奮闘していたのだ。静の次男も結婚、長野へ転居、男の子に恵まれていた。

長らくの懸案事項、静を悩ませていた長男夫婦との同居問題は、紆余曲折の末、吉田の家の半分を壊し、大掛りな増改築で合意をみた。さまざまな想いの籠った家だった。新しい家族の展開に想いを馳せ、工事の進行を見守ったほぼ六ヶ月、青シートで仕切られた部分での寝起きは、それなりに気苦労が多かった。殊に雨の日、風の日の気配りに気張った。一男は、大工職人三人に近所の借家を宛がっての大奮発だ。

完成時の、静夫妻の充足は計り知れない。それからしばらく、静は自分の子供三人の、三夫婦、三家族の恙《つつが》ない生活状況に自足していた。

静は懐い出している。

娘の歌に息が詰まったことがあった。

オペラ「蝶々夫人」の本番舞台だ。彩る光線の交差するなかに、艶やかに動く登場者に目を奪われ、奏でる音楽に心掬われて、静は我を忘れて心失う。

気がつくと、中央で娘が歌っている。所作《しょさ》繰《く》っている。蝶々夫人は娘だ。桜吹雪の中で舞っている。子に別れ、自刃する。白い障子に鮮血が飛沫。

終って全客席が感動の拍手、感極まった中年女の客が、いきなり正面舞台に馳せ登った。続こうとした静は、舞台に這う女の靴の裏を見て、先を越された、と留まった。

親の自分は楽屋脇で待つことにした。

自分が感動の衝撃に打たれているとわかった。余韻がなかなか退かないこともわかった。娘に一言「良かった」と云いたかった。だが娘は、閉館になっても現われなかった。

静は娘の気持ちを考え倦《あぐ》ねた。そして、音楽への熱情の理解に、静と娘との間に大きなギャップがある、とわかった。娘がそれほどまでとは、静の迂闊だった。

静は迂闊の回復に挑む。娘をわからない自分をわかっている娘がいる。わかり合えるのはわからないことだ。「学びて思わざれば即ち罔《くら》し」。自分なりにじっくり考えてみなければ、ほんとうの理解にはつながらない。静は娘の感性に心動かされていた。娘はわずかの高みにいる感じだ。静は、考えて考えて考え詰める心を決めた。

やがて異変が起こる。それ自体はちょっとした事で、よくあることだ。だが、事の背景や根拠を充分に考え探らなければならない。ものごとの基準を決める規矩準縄が、世俗や俗人のそれによれば事件は不幸に走る。禍のもとを胚胎する。

まず孫娘が高校生の半ばで登校を渋り、独り家を出て、長野の静のもとに身を寄せることになった。一時避難だ。毎朝、長野から上越まで通うのだ。夫一男は、孫娘の意志ある行動と、同居の長男夫婦への配慮で気を揉んだ。結局、孫娘は独りアパート暮しにはいる。そこに娘が移ってきた。

苦慮を重ねた娘は、音楽活動へのこだわりを捨てず、別居の意志を固め、中学生の息子を伴ってアパートに来たのだ。

事ここに至って、静は事態の重さに驚き、一男を促して上越に話を聴きに行った。嫁ぎ先の両親も来ていた。双方とも突然のこととて事態を掴めないまま、相手方の話を聴くしかない。夫の両親は息子は被害者だという。静は考え込む。彼らの口からは、娘に対する激しい非難の言葉が出た。当の夫でさえ、そこまではなかったと弁護するほどのさまざまな苦言、苦情、非難が続き、咎め立ての修羅場だ。

静は驚きだけで、弁解することも出来ず、ただただ涙が零れた。一体何が起きているのか、どうすればいいのか、静の判断意識が薄れる。

何を考えての行動なのか、娘はいまは誰にも会わないという。純粋で一本気、負けず嫌いだ。よくよく考えての事だ。考えがあるはず。静は悩む。静の頭や考えを超えた何かだ。なぜ生きるか、どう生きるかに繋がっている。静は何かを察知はしているが確かではない。軽々に動く娘でないと静の血が知っている。困り果てた静と一男は、息子夫婦に助勢を要請する。

だが、真の実情の把握なしでは対応難しく、複雑にするだけだった。まして、世俗の規矩準縄では益々事態の判断の錯誤を犯すことになる。事態の収束を図る兄と妹との食い違いは当然で、険悪な緊張を生んでゆく。兄妹の絆は、この際妨げにこそなれ好機には難しい。

当てがはずれた静と一男は次に高名といわれる精神科医のいる病院に、娘一家を掛けることにしたことだ。だが、娘本人でさえ言葉に窮するほどの多重複雑な内在課題を、精神科医が解きほぐせるはずがない。

案の定、断固拒否の娘。代わって行ったのが静本人と一男。娘の気持ちを知りたいと話すと、ほっておけ、と云われた。やがて、この病院は入院患者への暴行事件で新聞種になって驚かされた。娘は危なかった、と心が揺すられた。

適応障害の病名で、体制批判を潰しにかかる例は多い。家族制度、家制度、家父長制度にとって不都合な者は精神障害者として排除するのが手っ取り早い。静は、精神症として疎外された章雄の一件にも通じると考えた。俗言俗習に翻弄されたサト子や久道のこと、息子夫婦との同居に端を発した軋轢も根は同じ俗裡俗説にある。

結局、娘は子を連れ東京へ去っていった。

それからの十年、静は、娘のことを絶えず想っているのに、娘と言葉を交すこと一度も無かった。

ただ、東京での初のコンサートには一男と一緒に出かけている。東京に出て一年余でコンサートを開いたことに正直驚いた。嬉しかった。芯の強い子だ。言葉は交せなかった。舞台と客席の眼居《まなこい》だけだ。

夥しい花束の山が届いていた。静は懐《おも》い出す。蝶々夫人の娘の艶姿を。情感溢れる歌に、わが娘を忘れて魅せられた、情念だけが追ってきた。静はそこに一つの個性、一つの思想を視ていたのだ。特徴ある存在だ。

それは自分の理解を超え、想像絶する世界だとわかった。そしてそれを理解することに、静は焦がれた。

空白の十年間、静はさまざまなことに挑む。図書館通いに足繁くなり、歌を習う。少しでも娘の気持ちに近づきたかった。わずかな時間を都合して、書道、水泳、編物には熟達している。旅にもよく出かけている。

娘から、精神科に掛けようとしたことは誤りであり、詫びてほしい、と言って来たことがあった。曖昧を確かにするのが娘の性格だ。

精神科は精神疾患の診断、治療、予防を行なう。精神疾患は、精神分裂病、気分障害、鬱病、神経症を云い、多くの疾患で不眠が出現する。なかでも、精神生理性不眠症は医療保護入院になる。そして保護者の同意が必要ない措置入院に進む。精神症状は、ちょっとしたことで不安、落ち込み、不安定になり、軽い妄想や幻覚が出る。この症状の注意、批判は、精神の安定を崩し、思考障害が進む悪循環におちいる。精神科に掛ける、は病人扱いのとば口で、生涯病人を確かにするのだ。

この娘の意表を突く申し入れは拗《こじ》れに拗れた。双方の認識のずれを埋める話合いがなければ、たちまち相克を生み、齟齬をきたす。娘の同級生だった弁護士も娘のサポートについた。生じた混乱は予想通り縺《もつ》れた。

直接関わった息子が家裁にやってきての調停になったが、到底納得できるはずもなく、渋るところを静が説得し、長い時間をかけてようやく結論に漕ぎ着けた。そして和解という言葉とは裏腹に、この一件は後々まで憎しみを含む禍根を残すことになる。思想と思想のギャップを埋めることは不可能だ。違う次元の橋渡しは絶無だ。静だけは、どこかに、娘にも理のあるところを感じていた。

静と一男の生活は激変した。

14

息子との間に生じ、潜在していた軋轢、精神の紛糾も噴出する。その断絶は凄まじい。一男はやり場のない憤慨を静に向ける。全てはお前の所為だ、と詰《なじ》る。静は黙る。黙るしか道はない。居場所があってなきが如しだ。犯人に加担した共犯者扱いだ。針の筵《むしろ》だ。静は悩む。だが苦しまない、恨まない、責めない、ただ考える。考え抜く。自分に向ける。

静は娘を東京に連れ去った潜在力そのものを考える。正座して膝に手をおいて。これまでの娘の性格、言動、喜怒哀楽諸々だ。行動の予兆だ。だが静には、見ようとして見えない、知ろうとして知ることができない、考えでも考えてもわからない。

静は考える。親とは何か、母とは何か、自分とは何か。わからない。逢いたいだけが募る。自ら出向くことはしない。居所は知っている。旅先から土産は届く、手紙は来る。

静は待つ、じっと待つ。ふと夢にみる。我に返る。空を掴む。姿が消える。すっと光が射す。幼く駆けた野、森、山が浮かぶ。感じる。所詮人間は独り、娘も独り、達者でいる。生きている、それが全て。

その時、察知の風が静の頬を嬲《なぶ》る。娘の言動を唆《そそのか》すものの気配だ。人か思想かはわからない。強い唆しにのった娘の強靭さは誰にも負けない、そのことは母娘の絆だけが知っている。いずれわかる。静はただただ堪えて待つ。静は生き地獄を生き抜く覚悟を決めた。

平成十六年頃より、夫一男は肺の機能が低下し、肺気腫を発症、病院と自宅を行き来していた。静は病院に付き添い、投薬、食事、身の回りの世話に追われていた。その折り、電話が頻《しき》りに鳴った。

風雪が鼓膜を震わせ、静の受話器に流れている。末妹マッコの声も交じっている。聞いている静の手元は桜吹雪の花弁だ。あちらはようやく雪解けでこちらは桜散る。あちらは信越県境の妙高高原で、こちらは長野盆地だ。列車で行けば一時間半の距離だが季節の差は顕著だ。静はここ数年、マッコからのたびたびの電話に感《かま》けている。

マツコは若くして豪雪地帯の妙高で、旅館業を営む旧家に嫁いでいた。だが築百年に近い建物の老朽化、長男の東京就職、長女が他家へ嫁いで、マツコは苦慮した。旅館を廃業し娘の嫁ぎ先、新潟市へ移住すべきか、可否を悩んでいた。

マツコは長野駅隣接のホテルの喫茶室までよくでかけて来た。夫の転居に対する逡巡、仕事を辞めて戻ってきた息子の行末、娘夫婦との確執、豪雪地帯での今後の暮らし、留まるか転居するか、静は一つ一つ丁寧に話を聴き、考えて即答はせず、妹の気持ちに添いながら親身になって相談にのっている。静の癖で、幾晩も幾晩もマツコの将来を慮《おもんぱか》り、考えを巡らす。やがて結論する。遠く離れるのは自分にとって辛いが、マツコは行くべきだ、と。

転居の日、静は長男の車で新天地まで送り届けた。転居後も新しい環境に馴染むまでの相談尽をホテル喫茶室で二人は繰り返した。家族の軋轢から自宅への気楽な訪問を控えている二人は互いに寂しかった。長談義のあとマツコ独り戻って行く姿に、静は切なく思うのみだった。

肺気腫の診断治療で小康状態の一男だったが、数年前患った腎臓の病が悪化、緊急入院で人工透析の処置を受ける。

医療の現場は制度が目紛るしく変わった時期で、平成十二年に始まった介護法と相俟って静が知っている医療のあり方や介護が様変わりしていた。かつての経験は全く役に立たず、制度の変更による混乱は医療現場、介護現場、そして家族をも翻弄したのだ。

現場の混乱は直ちに一男の病状と静の生活に影響を及ぼしていった。緊急性の高い病気は、一般病院の長野市民病院で受け付けるが、二週間を目処に、治っても治らなくても退院を迫られる。療養型の病院に移るか、自宅療養になるか、いずれにしても本人の負担も然《さ》る事ながら、家族の負担は相当なものになる。その筋の専門家ならいざ知らず、本人、家族とも言われるままに決断しなくてはならない。

一男は緊急事態を脱し、自宅に戻ることを選択した。看護は、静の手に委ねられることになった。仕事に忙しい長男には負担はかけられない。静は独り奮闘する。一男の病状は一進一退、透析は一日置きの通院。そんなある夜、幾夜も眠れぬ夜を過ごした静は、泣きながら妹のマツコに電話した。

何を聞いても、静はただ泣くばかり。マツコは、姉の今まで見たこともない様子に驚いて、一晩考えた末、東京に出て以来疎遠の、静の娘に電話を入れた。

「姉さんから電話が来た。あんな姉さん見たことない。どしたらいい」

介護の辛さ酷さは、やらねばわからない。長患い特有の我儘がでた。腎機能低下による塩分、水分制限の忿懣《ふんまん》を静にぶちまける。

「大丈夫だよ、去《い》なすから」

当初、静は容赦ない攻撃に対応した。数年来、次第に進む病状悪化。緊迫の生活。三度の食事、投薬、通院、夜中の不調訴え、座る暇《いとま》を与えない次々の要求、水持ってこい、醤油持ってこい、背中痒い、寒い、暑い、その訴えに静は丁寧に応えている。

一男は静だけに頼りきる。他の者に世話させるを宜《いさぎよ》しとしない。一方で静の体力は限界に達していた。達していたとしても周囲はこの状態に手を出しにくい。

この極限状況の支援策として、介護法が発足して八年経つ。私事とされていた介護が、家族の責任だけではない、公のものという合意ができたのだ。課題の多々ある介護制度だが、娘は取り敢えず、伝《つて》を辿ってケアマネジャーを静に紹介する。

静は困惑した。一男はといえばケアマネを警戒した。介護制度の利用は、介護を受ける本人の了解なしに進めることは無理だ。一男は他人の家事援助はおろか、他人が家に入ることにさえ剥き出しの嫌悪感を示す。他人による世話への違和感だけが先に立つのだ。昔気質が邪魔をして、今風の介護には馴染めないのだ。

その上、長男夫婦は揃って教職に時間を拘束され、日中の在宅時間が極端に短く、両親の介護の極限状況に気付きにくかった。静の無口もあって、穏やかな介護状況と思っていた。

介護に直の接触が無ければ、介護法やケアマネの知識には疎くなる。まして家裁調停以来の娘との軋轢、それがちらつくケアマネの出現は心隔てるものがある。静は調停の時同様、長男、長女、そして一男の認識の差異に板挟みになる。

熟慮、遠慮、慮外の三竦《さんすく》みの様相で道は塞がれていた。

渦中に登場のケアマネが藤枝京子だった。人間の情味に厚く思い遣りに鋭い、所謂ヒューマニスト。今時珍しいベテランだ。契約手続きなしのまま、たびたび静のもとを訪れては、少しずつ一男の気持ちを解《ほぐ》していった。介護態勢に無理、焦りは禁物だ。

静の負担は依然重く、軽減の進捗はみえない。そんなある日、静に異変が起こる。妹マツコと電話の最中、突然意識を失ったのだ。たまたま、安否確認で勝手口を覗いた義妹芳絵と、これもたまたま近くにいたケアマネとで救急車で緊急入院、処置を受け、助かった。軽い脳梗塞だった。たまたまの連携と累積だった。「病院にいるのが、こんなに楽だとは」二週間の入院で静はそう述懐した。

幸いなことに左半身の脱力感が残っただけで大事にいたらなかった。退院の時、病上りの状態で再び一男の介護にあたることを訝る娘に静は言った。

「覚悟して帰るよ」

娘は、その覚悟の意味は、その時はまだわからなかった。

15

静は、病院の窓を睨みながら、十二分に考察した。熾烈な緊張感を強いる家族、そして縁威。介護制度受け入れの幸・不幸。老いと死。

自分は不幸なのか。不幸の現実を直視しながら、嘆きと悲しみのなかで幸福を思っている。きっと幸福と不幸は離れがたく結びついているのだ。さまざまな不平や不満、慨嘆や非難、羨望や嫉妬、意地悪や妨害、卑下や慢心、確執や紛争が、人間の存在するありとあらゆるところに、幸・不幸を巡って絶え間なく起こっているのだ。

もちろん、幸・不幸はそれへの見方を変えることによって、相互転換しうるものだ。けれども、それには限度がある。重要なのは、ある事柄がその人にとって、許せない不幸として胸に迫り、蟠《こだわ》りつづけるからだ。断じて許せない大きな苦難だ。それを痛恨の痛手とし、一生その傷を背負っていく。

不幸はその人の資質の鋭敏さを越え、襲いかかる絶対的事実なのだ。この世のいたるところで、出現の隙を窺っている悪夢だ。従って、不幸はものの見方を変えることによって、転換できる些末な事柄ではない。深刻な苦難として存在する。

不幸に直面した者が抱く不当の感情と反抗の意識の根底には、正義の問題意識が伏在している。不幸と苦難、不当と不義の問題意識は人間の存在の奥深く潜む。この正義をめぐる格闘は終わりない争いだ。その意味でも人間の存在は不幸なのだ。果てしない相克と、確信相互の衝突が歴史と共同存在の宿命となるからだ。いろんな面で課題、試練、困難、障害に出会う。その格闘なしに人生の実りは結ばない。

静が退院すると、介護制度の利用を巡って、介護事業者の責任者とケアマネ藤枝さん対息子の間で、意志疎通の齟齬は熾烈をきわめた。

一男は一寸の切っ掛けで、症状の悪化、安定を繰り返している。静は自身の体調と体力を考えて、介護態勢を受け入れることに転じた。これを宜《よ》しとしない息子は対立姿勢を崩さず、その矛先はケアマネ藤枝さんに向かった。これを受けた藤枝さんは、難しいケースとしながらも根気よく対応する。

やがて翌年春、長男は六十歳を期に教職を退職、静は安堵する。独り介護の負担と緊急時の心細さの解消だ。だが愁眉を開くも束の間、ことは容易に運ばない。長い教育界からの解放の長男には、介護の世界は未知のもの、整然とした知的作業から、煩雑な報いのない作業への転化は、成果に乏しい。予想を超えた難事だ。

これまで静に任せきりだったことが思い返される。そして止むを得ず藤枝さんの手を借りることになる。その連携で一男は入院、退院、通院を繰り返し、介護レールにのることができた。

一方、静は次第に体調を崩してはいくが、未だ一男の介護すべては静に懸かっている。殊に夜は一男の呼吸が荒くなる。譫言《うわごと》を言う。二階に駈け上がり息子を呼ぶ。呆然と立ち尽くす彼を見る静は唖然とする。

ケアマネの計らいで、特別に二十四時間対応サービスが手筈として整えてあった。制度では急変連絡で看護師急派の待機があるのだ。しかし、一男の急変連絡はなかった。その日一男は苦しみながら朝まで待ち、市民病院で処置を受けた。それを聴いた娘は、話尽不能の状態を招いたのは自分が原因だと思った。調停の件が残した禍根に内心忸怩たる思いだ。

静も苦しんでいた。話し、話しあっても話し過ぎないのが態勢の心髄だ。まして直か話ができないのだ。かつてのように長男が自分の言うことをきちんと聞き分けていないばかりか、一男の介護の負担感のためか、絶えず不機嫌で、相談するのも躊躇《ためら》われ、本心を語ることはしなくなった。言わなくても息子ならわかってくれるだろうという思いも静にはあった。

静は次第に孤独になっていく。不眠、食欲不振、思うように体が動かない。ふっくらしていた静はがらがらに痩細った。急速な老いは、死への接近だ。

老いは明らかに、世代交代の事実と結びついている。世代間の社会慣習の変化、人生経験と価値観の相違、精神的生き方の変遷という、深刻な食い違いの意識とともに老いは自覚されてくる。かつてツルゲーネフによって主題化された、父と子の対立という世代間の亀裂は、普遍の事実だが、社会の急速な発展と生活様式の激変の現代では、いよいよ増大し、加速度的に高まっている。

故に人間は、自身の思い通りに、好きな姿で老化させたり、終らせたりすることはできない。自己は、自己を越えた宿命の定めに委ねられた側面を抱えている。能動的で、いわゆる勝ち気で、理性的な人といえども、自分の老化と死を思いのままにできない。

能動的自己は痛烈に打ちのめされ屈伏を強いられる。そのため人は、自らの老弱と老躯、老体と老衰、老残と老醜の身を恥じてきたのだ。

ここに、他者に扶助され、介護され、看取られなければならない、他者依存の、人間存在の受動性がはっきりしてくる。それは自己の限界状況の意識になる。自己の限界性への煩悶や懐疑、苦悩や疑念がどうしても起きてくる。

そんな折、静は二度目の入院をする。脊椎の圧迫骨折だ。あまりの一痛みにただただぐったりと救急病棟のベッドに横たわる。

鎮痛剤で微睡《まどろ》む。幼い長男、長女、次男の姿が過《よぎ》る。抱き締める。酉坂の人々と山、迫る。覚めて宙を抱いてる。痛みが襲う。取っ組み、格闘、張り合う。動けず、喋れず。時の経過が薄れる。

気づくと、ギブスの胴、車椅子。ようやくにして快方に向う兆し、端ぎ、足掻く。だされた食事を左手で食う。静の能動的自己が動く。逞《たくま》しいバイタリティだ。

平成二十三年は東日本大震災と原発事故で、日本中が揺れに揺れた。一男は、病床で娘の差出す新聞に見入って、「十万人死んだ関東大震災も酷かった」と、原発の被害を丹念に見較べて「酷い、そんなところにつくっちまったのか、阿呆じゃあるめぇか」と絶句した。

車椅子で街に出た。娘と病院を抜け出した。カフェに行った。「レイコーないの」と尋ねる。アイスコーヒーだ。一口で我慢した。裸心と心の対話があった。生まれ落ちてからの父と娘の絆だった。一男は、深々と山と空の空気を吸った。

亡くなる一週間前のことだった。暮れの晦日、一男は病床で息を引き取った。訃報は別の病院にいた静に届いた。静は「えっ」と聞き返した途端、泣きに泣いた。受話器を握ったまんま、全てが消えた。世の中全て。

家に連れ戻されると、白い布を被っている一男がいた。

「どうしたのこれ」と白い布を捲って家人に尋ねた。何度も何度も。しばらく別々の病院で過ごし、顔を合わせていなかった静には、一男の突然の死は到底受け入れられなかった。

葬儀は順調に行われた。一男は、生前、式次第、通知名簿一切を書き残していた。一男流に遺漏なかった。長男は、その一男の指示に従って、手分けして各方面に連絡した。

年が明け、正月三箇日の明けるのを待って荼毘に付された。一男はちょうど、晦日、大晦日、三箇日を自宅でゆっくりと過ごし、九十二歳を目前に、旅立っていった。その数日間、病院と自宅を行き来していた静は、事が終ると、再び病院に戻って行った。

春には静は、歩行のリハビリに励んでいた。わずかずつだが歩けるようになっていた。いつもの頑張り屋の姿が垣間見られた。静の気懸かりは、妹マツコのことだ。一男の葬儀の際、感情の縺れから生じた行き掛かりで、静との関わりが途絶える結果になっていった。

侘しさが来た。

それに、すぐ下の妹のセツも、一男の体調悪化の時期と重なるようにして、豪雪地帯の妙高村で倒れ、九死に一生を得たものの、下半身麻痺で車椅子生活を余儀なくされた。重い脳溢血だった。静の、幼いから苦楽を供にしてきた妹二人が期せずして、静から遠ざかっていった。寂しさを、静はかみしめる。

沈思黙考する。

人間は、孤独な存在だ。だが他人との完全な絶縁、断絶という意味での孤独は世の中にはあり得ない。あくまでも他人と生きる場の中での孤独なのだ。けれども、人はこの世に個々人として生み落とされ、別々に生き、別々の孤独という運命を背負って生きている。凡そ、苦悩は、人を絶対的に孤独にさせる。人は別々に生き、最後には、たった一人で自分自身の死と向き合わなければならない。徹頭徹尾、孤独な存在だ。

孤独の中で心の奥底を見詰め、本質と向きあえば、個々の人格の尊厳が顕現する。世俗の利害関係での満身創痍の苦しみは、避けなければならない。孤独とは、世の中の動きに引きずり回されず、己を見失わず、己の存在に確信をもち、他者との関わりを尊ぶ大切な時間なのだ。

平成二十四年四月、静は圧迫骨折の痛みから解放され、リハビリを終え自宅に戻った。独り茶の間に座る。一男のいない家は広く大きな洞のようだ。冷たく虚ろだ。からっぽだ。一男の位牌、写真の仏壇は飯山仏壇といわれる金箔貼り。静が手を合わせることはめっきり減っていった。

静は長男の用意した食事を独り食べながら、あの賑々しい日々は二度と戻らないと悟った。長男は一男の遺言、遺産分与に頭を悩ませている。一男、知恵者の深慮の綾だ。思惑其々、合致絶無。優しく親思いの長男には、不審の残る裁許だ。

16

静は独り黙々と生きる。

静はたった独り孤独の重みに耐えてきたが、夜声をあげて泣くことがある。あらゆるものから見捨てられ、孤立無援の限界状況だ。変えることも避けることもできない。不安に襲われながら生きるしかない。

暮《く》れ泥《なず》む秋の空いちめんに鰯雲だ。窓の外には信越五岳の稜線が望まれる。静は椅子に座り、両手を膝に姿勢を正して待っている。

母ひとりのためのコンサートを静のために開くという報せが先月届いて、今日がその日。娘がいつ迎えにきてても出られるよう身仕度は整えてある。夕方五時の迎えだが、静はその一時間以上前からじっと待つ。玄関が開き、娘とスタッフが入ってきた。

静は一言、「来たの」と娘に。自力で、杖をつきながら車に乗り込む。圧迫骨折以来、しばしば体調優れないものの、持ち前の気力で自力で歩行できるようになっていた。

「ひとりのためのコンサート」

会場は長野市中心のコンサートホールすずらん。鈴蘭楽器二階、音響の良さが特長。共演はピアニスト田口真理子。

会場に着いた静は、誰の手も借りず楽器店の中を通り抜け、奥のエレベーターに向う。迎えの店主や従業員にそつなく挨拶。要人控え室に落ち着く。次々顔を出すスタッフやピアニストに丁寧に静かに会釈する。

静のための格別の夕食がある、長男が持たせた常備薬を飲む。静に即かず離れず寄り添う女性スタッフが、馴れた手つきで客席に誘導する。満席で百を超す客がぎっしりだ。すでに共感と期待に溢れ、固唾《かたず》を呑んでいる。客席にケアマネ藤枝京子が現れて隣に坐る。静とは久しぶり、聞き及んで駆け付けたのだ。

静は目を凝らし娘の姿を探す。スポットライトの光にピアニストが浮かび、ショパンの曲が静かに流れる。

しばらくのショパンが終わり、拍手。

その時、後方の扉から、ステージ姿の女が現われて語りだす。マイクから流れる声。娘だ。娘の姿だ。静の目から涙が溢れ、姿が霞《かす》む。今夜のコンサートは母ひとりのため、そこに多数お越し頂いた感謝を、伝えていた。そして曲が始まる。

「落葉松」が流れる。

落葉松の秋の雨に
私の手が濡れる
……私の心が濡れる

……


懐かしい。

娘の音楽活動を応援し、コンサートに通った日々。一男も一緒、妹たちも一緒。孫たちの世話に明け暮れた遠い日々。懐かしい、ただただ懐かしい……。

静は、タオルで目頭を押える。押えても押えても涙が流れ出る。

次から次へ涙が流れでる。次から次へ曲が流れ出る。……歌が……。たちのぼる熱気で静は忘我の境をさ迷う。いつのまにか娘のあとに、河岸を歩いていた。林の中、森の中を抜けた。

森の梢が下に見えた。娘にあわせて足を動かしている。

どんどん行く、両脇は梢と梢で震えている、響く、啼く、歌っている。感情が昂って悦惚のさなか。歌声は祈りの響きだ。

静は泣いてない、晴れやかな気分だ。どんどん若やぐ、幼子のよちよち歩きだ。娘も幼子だ。まるでキューピー人形だ。指先と指先で突きっこ、幼すぎてよく触れない。

歌は「プレイヤー」、パット・メーシー作。

夕暮の光が溶けて消えないうちに
あなたの名前を呼んでみる。（……）
時を越え、空を越えたどりつくから
降りつもる悲しみに負けることなく
私の目が閉じられてゆく時が来ても（……）
あなたが、今日も、明日もいつまでも

愛に包まれているように。


静は跪《ひざまづ》く。

なにものかが降りてくる。

静は両膝を地につけて屈む。

賛美の声だ。

これは娘の歌だ。

歌が娘だ。

静は今はっきりとわかった。娘の求めているものが、崇めているものが。

娘が唆《そその》かされ、拒み、抗って、突っ張ってきた訳が見えた。娘が孤独、不安、絶望を歌い、それを乗り越える力を感じた。心の奥底の深い孤独を見つめていることに静の心は震えたのだ。

静の目に涙はなかった。娘は、わたしのためにやりきった。

拍手の嵐で、意識が戻る。花束を受け取り受け取り、娘が退場する。しばらく茫然の静はスタッフに促され、控え室に落ち着く。次々静に訪客、祝辞を述べる。静は丁寧に返礼する。

いつにない昂奮と緊張で、娘と車で帰る。車窓はすっかり暗い夜だ。煌《きら》めく灯りが眩しい。長野駅前だ。静が思わず声をあげる。

「まぁ懐かしい」

買物に馴れた東急デパート、妹マツコと語りあったメトロポリタンホテルが光に浮かぶ。旅の始めも終わりもいつも長野駅だった。さまざまな出会いと別れがあった。その時その時の光景がネオンの奥に点滅する。静は胸がつまる。ふと広場に、一男の佇む姿が、見えた。

着くと、一男の仏壇に娘の花束を飾る、幾つも幾つも。一男も花の中だ。

17

娘も去り、静の華やいだ心も日常に戻る。晩秋の冷気が沁みて侘しさが速やかに募る。デイサービスが明日だが、その気分でない。体が苦痛だと断りを入れたが、心の苦痛なのだ。老いてみなければわからない心の痛みだ。

半年がたち、黒姫山は白く、飯綱山の雪だけが融け始めている。あの夜、静は娘からもらった生きる気力を糧に、日々襲いかかる鬱と戦いを交えていた。

小春日和に誘われたある日、一男と寝起きした部屋に二年ぶりに行くことを思い立った。急な階段を用心深く足元を確かめながら、静は慎重に上がった。

畳の匂いたつ精気に咽《む》せる。父象二郎が持たせた嫁入り道具、桐箪笥は日焼けして茶色に変色している。客用の新しい寝具が部屋の隅に積み上げられている。押入れにもぎっしり。

静は思い出す。かつて手厚く遇《もてな》した日々を。客たちの顔を、表情を。静は思い出す。その人々のためのさまざまな食器類、茶器、それがその人専用に整えたものだったことを。遇されて歓んだ表情、嬉しい静、懐かしい日々。

静の遇す食事は懇切を極める。客は内心嘆声をあげる。心地良さでもう一泊薦める静と客との押し問答の遣り取りも、遠い彼方だ。一男亡き後、泊まるものは誰もいない。次々に世を去った。

静は窓を開け空を見た。自分も米寿を迎えた。穏やかに死を迎えたいと思う自分がここにいる。畳の感触が久しぶりに静の気持ちを奮い立たせる。私はやるべき事はやってきた。この先、誰に遠慮することもない。

静は久しぶりの二階を後にした。階段を一段降りたその時、体が浮いた。その後の記憶はない。

頭部打撲、大腿骨頚部骨折、両小指骨折の重傷を負った。救急車で搬送、市民病院で緊急手術、一命を取り留めた。平成二十六年三月のことだ。静の右足は内側に捩じれ、歩行困難になった。車椅子生活が始まる。

緊急時を脱し、一般病棟に移り、車椅子のまま食事をする。痛みは退かず、たびたび感染症で熱発する。

市民病院のような救急病院は医師、看護婦の数多く、設備も整っていて手厚い看護があるが、二週間ルールがあって、患者を一ヶ月以上は置かない。かなり厳格な実施がある。静は医療ベルトコンベアに乗った。体調良くない静だが、期限がきて、療養型ベッドのある郊外の真田病院に転院した。

真田病院は暗い。薄暗い部屋が廊下を挟んで幾つも並び、何とも言えない臭気が漂っている。骨折で手術しても治らずリハビリもできず、施す術もない患者で埋まっていた。

静は薄暗い部屋で昏々と眠る。

静の容態は安定しなかった。静にはながく糖尿病があった。その病室には腎臓や心臓疾患、癌発症など、一様に骨折だけでない合併症患者が多い。認知症も多い。威圧的、理不尽な飲食物の監視、個の食習慣の壊乱。排泄の処置は緩慢、ルーズ、途中の汚れも時間まで放置、それゆえの臭気の充満。

静は、こんな病床で時々思う、自分は果たして人間なのか、人間として扱われているのだろうか。劣悪な状況のなかで凛としている。治療介護の大儀名分だけが先行して、対象が人間であることを疎かにしている。老い、病、弱者への差別、尊厳などは端から無視、人間扱いの最低線はあるはずだ。

眠っている静に、尋ねてきた娘が歌いかける。

むずかしいことばはいらないの
かなしいときはうたうだけ

（谷川俊太郎）


静は目を瞑ったまま聴く。

一言、ありがとう。

目を瞑ったまま涙が一筋流れた。

静はこの暗い病院で三ヶ月間耐えた。そして転院、この病院は三ヶ月ルールだ。市民病院へ移って二週間。その後再び三ヶ月ルールの真田病院へ。

市外の畑のなかから南へ、千曲川を渡って、太郎山の麓の病院へ移動する。三ヶ月後は逆経路で市民病院へ。その往復移動を三回繰り返して一年を越えた。そのたびの本人の消耗はさておき、長男の移動介助の心身に気配り負担は大きい。静は途次、車窓から飯綱や戸隠を見る。山を見て、山が教える。艱難、汝を玉にす、近衛兵の父の言だ。

静は劣悪な状況に怯むことなく生き抜いている、考え抜いている。

この世はさまざまな偶然の出来事が、予期せず降りかかってくる。人間は非力で無力だ。それでも何とか自分なりの情熱と威力で、自分の存在の証をたてようとしている。

それには互いの知性が重要になる。個々人の自由な行為は完全には一致しない。だが知は、区別や相違のあるところに成立する。従って他者の自由との軋轢を掻い潜って行為して生きるしかない。思いもかけない結果の出現を前に、もっと早くからそれを見通せていたなら、もっと慎重に熟慮していたならと、慚愧と無念、後悔と苦悩で生きてゆく。そうしたなかで気を取り直して精進する。そしてそれもほんの束の間、やがて死の訪れとともに、すべて夢と化し、消滅し、灰燼に帰す。それが人間の宿命であり、存在の無常なのだ。

平成二十七年六月、病院側が強く退院を勧めてきた。三ヶ月規制だ。退院先の選定に困り果てた長男は、ようやく静の妹のセツの入所した施設に決断する。医療法人ヒマワリが運営する介護老人保険施設だ。

愛といたわりを標榜する、ベッド数五百を越える地域包括ケアの拠点だ。施設は長野市の南の郊外で、傍らに川中島古戦場がある。千曲川と犀川の合流点付近だ。甲斐の武田信玄と越後の上杉謙信が北信濃の争奪をめぐり激しい戦いをした戦場だ。

転院期日が迫った頃、静は発熱した。膀胱炎が疑われ、点滴する。食物は受け付けなかった。前夜になっても熱は下がらず、看護師が静の頭、脇、太股の付け根を氷で冷やした。

翌朝、熱発のまま長男に伴われてヒマワリ長野に移動した。受け入れたヒマワリの職員は、静の状態に慌てて、看護師が静を励まし、緊急処置をした。やがて、熱も下がり静の顔に笑みがこぼれた。

施設の朝は早い。朝五時半、スタッフが入居者を起こし、朝の介助、車椅子で共有スペースの広場に集める。静も、病院とは違う雰囲気の異界に戸惑いながらも、熱が下がり軽くなった体で車椅子に乗り、長い廊下を通り、大きなテーブルの一角についた。やがて食事がくる。どんなに誠意を尽くした食事も、食べる側の多くは美味しいと感じない。それが朝、昼、晩と続く。

静は黙々と食べる。他のメンバーも黙々と食べる。会話はない。見知らぬ者たちが、与えられた食事を並んで食べる。日常の暮らしにない異様な光景に静は、ここは病院ではないとはっきり認識した。

皆はどこからどんな事情でここに流れ着いたのか、静は自分の事を考えながら、相手の事情を窺い探ってみる。テーブルの面々も、新顔の静の表情を窺い、上半身の様子から、いかなる人物か観察する。その様子にそ知らぬ顔で、色分けユニフォーム姿の職員が忙しく立ち回っている。

ひとりの女性が目に留まる。静の目の前に坐り、穏やかな目で微笑んで、軽く会釈した。静もわかるかわからないくらいの軽い会釈を返す。

静は表情を変えずに人となりを探り、この人には気が許せると判断した。女性は酒井さん。静と同じく転んで骨折、再び転倒、静と同じ日にヒマワリに入所。彼女は夫を二十年前亡くし、独り暮し。子供に迷惑かけないと施設入り。十歳若い彼女が静に何かと細かい気遣いするのを感じ、静は誰も知る人のいない緊張感が和らいでいくのがわかった。

ヒマワリ長野では看護、介護、リハビリを必要とする人が飽くまでも自宅復帰を目指す。静の場合、トイレ、入浴の介助が必要で、食事、寝起きなどの生活機能全般を独りで熟《こな》せない状態で、自宅復帰は家族の受け入れ態勢が整わないかぎり無理だ。

足が内側に捩じれて固まり、その上長い寝たきりで纏足《てんそく》のように足の指が曲がり、足裏を地面に着けることが難しい。この事は静本人が十二分に承知していた。リハビリはしない、そう決めていた。

酒井さんの場合、施設での謳い文句、リハビリで自宅復帰、に大いに期待をかけていた。が後日、リハビリそのものが不可能と告げられ、期待が大きかっただけに落坦も大きかった。希望は失われたのだ。人前では朗らかだが、独りベッドでは譫妄《せんもう》状態になった。戸締まりの施錠に拘《こだわ》り過《す》ぎて職員を辟易させた。

看護師による認知症予防プログラムに入居者の想い出聴き取りがある。

静は遠い日の酉坂の記憶を話す。両親の象二郎、ヤエの名前、十一人の兄弟妹の名前、想いだす人々を語る。看護師は静の顔を一切見ずに上の空で相槌を打ち、溜まった書類にペンを走らせている。決して疎かな扱いではない。だが一瞥もなしとは人間扱いではない。

静の語られた波乱の人生の言葉は、行場を失って宙に漂っている。静のフロアの入居者は七十名だ。人々の語るさまざまな人生の話がゆく宛もなく漂っている。静にはぎっしりに感じた。

週二回通ってくる長男が静の励みであり、不憫であり、また不足である。静はいつも、ありがとう、の一言だけ。長男は、これまでの出来事を掻い摘んで話す。静の洗濯物を引き取り、新しいのを入れる。置いてある箪笥の開け閉め音で、その日の長男の気持ちを推し量る。「それじゃ、またな」の一言で、いつも部屋を後にする長男の後ろ姿を静は目だけで見送る。「気をつけて帰れ」の一言が長男の背中に貼り付く。

ボランティアと云われる人が一緒に歌ったり、ハーモニカを演奏することは、大いに推奨されているが、中には諸事に精通の入居者もいて、時間潰しに集められ車椅子に坐らされ苦痛だと思う人もいる。静はそういう時、ひっそりとその場にいる。催しの中味より、その人となりを観察する。声、動作、表情から読み取れることを楽しみ、考える。

18

テレビ体操の時間は退屈だ。

車椅子に坐ったまま動かせるところは動かす。体力維持の効用だが、日々同じ動作の繰り返しは飽きる。倦怠の空気が広がる。前にいる先導役の職員も惰性に流れる。

惰性と倦怠が広がり流れて収拾がつかない。静はこの様子を、皆の後方、横から見ている。倦怠と惰性を感じている。特異な状況を考察している。

この時だ。訪ねてきていた娘が突然、職員から離れたところで、和やかに笑顔を振り撒きながら体操を始めた。

静は思わず声をあげそうになった。入居者の手が上に真直ぐに伸びている。倦怠、惰性からくる、だらだらした感じが一掃され、皆爽やかに体操している。職員たちの顔も輝いている。

誰かに自分は見られているという感覚は、自己を認識することへの第一歩だ。自分を認知し、認めてくれる他者がいて、はじめて自己を認識できる。静のフロアには認知症の人も多い。認知症的振る舞いになる人も多い。実は、老いの独り暮らし、負傷・病の長期入院で、病院を盥《たらい》まわしにされ、待たされて萎縮して、閉じ籠もっている間に、自分は誰なのか、誰になっていくのかわからなくなるのだ。

静は自懐し、考える。何かが存在するということは、それが何者かによって知覚され、知られ、認識されているということだ。存在には、それについての知が伴わなければならない。

存在は無限だ。その無限の存在を、鏡に映すような姿で知り尽くしている何者かが、どこかに存在していなければならない。その大きな心のなかに全てが完全に映し出される。自己の存在は、有限で可滅的でも、その自己についての知、その記憶、その痕跡は永遠不滅の心のなかに生き続けると信じることは可能なのだ。実際、私たちの多くは、自分を最もよく知っている何者かを密かに心に抱いて、生活の営みを行なっている。救いのないことが救いに転じ、記憶と追憶のなかに刻まれる。言い換えれば、それは永遠不滅の真理ということにほかならない。そうなれば、私たちは、永遠不滅の生起の一環として、その役割を担って、そのなかに組み込まれ、みずからも不滅であるということになる。自己の儚い一生も、それなりに不滅の真理に与《あずか》り、自己の存在の確かな根拠を掴み取ることができる。

静は入所当初、二階の四人部屋だった。窓側だったが、窓の位置は高くベッドから外の景色は見えず、空だけだ。静は気が鬱ぐと、カーテンを閉め、薄暗い中で目を瞑る。此処はどこか、いつなのか。長い療養で静らしい闊達さが失われていた。記憶が遠退く。西坂の家も、吉田の家も遥か彼方で映像が霞む。以前ははっきり見え、掴もうとすると消えた。今はそこに暮した人の像も、ぼんやりとして誰なのかわからない。

悲しい、苦しい、虚しい、そんな言葉で言い表せない何かだ。思いだせないというのは、気持ちが悪いことなのだ。静は何とか思いだそうと目を瞑る。傍からは眠ってるように見える。静は、懸命に頭の中に像を描こうとする。やがて疲れ、ほんとうに眠りに落ちる。

居室はカーテンで仕切られているだけで四人各々は全て筒抜けだ。壁一面には家族の写真が貼りつけてある。家族にしてみれば、遠退いていく記憶を呼び覚ます意味があり、家族からの感謝の気持ちでもある。そこに家族の歴史の一端が覗く。

しかし、今を生きることなしに過去はない。今を生きるからこそ、過去は華やぐのであり、未来があるのだ。

静は、もう歩くことはできない。繰り返し思う。女学校時代の通学で下駄履きで一里の道のりを歩いたことを。今はもう立つことさえできない。そこにどんな未来があるというのか。今生きていることにどんな意味があるというのか。壁の写真は、過去の自分と今の自分の、あまりの落差を正直に伝えている。静は写真を絶対に見ない。静だけではなく同室の三人も同じである。

たまたま、職員が「あら静さん昔は太ってたのね」と一言云う。それだからどうなの、と静は思う。写真は残酷なものなのだ。無機質な居室の白い壁の飾りでしかない。気が滅入るが、外せないでいる。何もできない今の自分が腑甲斐なく、どこか申し訳なく思うからである。老いて人は無力になる。

19

静は、生きる意味を見いだせないでいた。

食べ物の味がせず、口に入れても飲み込むことができない。食事は食べない。何日も続く。脱水の懸念で点滴が検討される。

施設から長男に電話がいく。長男が駆け付ける。

「食べなきゃ死ぬんだぞ」

脅しともとれる言葉に、静は思わず反撃する。

「いいよ」

静の強さだ。食べなきゃ死ぬんだぞ、の声には懇願と哀切を含んでいる。敏感な静には長男の心根がわかる。何を言うかでなく、なぜ言うかだ。静は現実に自分を戻す。長男の声に励まされ食べはじめる。

食べれば活力が出、顔色も戻る。長男は安堵する。虫歯がなく丈夫な歯が静の自慢だった。だが、骨折で入院中にその丈夫な歯が倒れていった。そのまま長い間放置されていた。

長男が時期を見計らって義歯を作らせた。欠損した歯が戻り、静は嬉しかった。施設では、歯の健康を保つための取り組みには熱心だ。食事が終ると車椅子のまま洗面台の前に並ぶ。入居者がずらり職員は独り、ときに二人。待つこと三十分。ようやく、静の番だ。

職員はひとりひとりの義歯を外して磨く、本人は自分の歯ブラシで口の中を磨く。職員がコップを差出し口を漱《すす》ぐ。七十名全員が終るのは食事後約一時間。朝、昼、晩のたびに行なう。中には喧嘩腰で順番を争う若い老人もいる。

静は、静かに人と作業の流れを見ている。こんな時の静は冷静を極める。平静で、落着いている。戦時中を体験した入所者は、従順で協力的だ。その高い意識に支えられて日常が営まれている。

入居者は一様に我慢強い。とりわけ静は忍耐強い。

紙お襁褓《むつ》交換は凄い作業だ。施設のメインイベントに近い。職員が手分けして、紙お襁褓を配布し、穿き換える。全員、一斉にカーテンで仕切って始まる。その時、各部屋から立ち上る臭気は凄まじい。馴れた職員もこの臭気に馴れることはない。それは一定時間全室を蔽う。衛生的で素早い、簡便な処置なのだ。

飲んだ薬に下剤が含まれていて、否応なしに排出される。不自然に漏れる不快感は凄い。自意識のはっきりした人には屈辱的な現象だ。作業中、入居者で目を開けている者はいない。

交換の際、静は一言、はっきりと「ありがとう」と云う。せめてもの静の衿持だ。食べて排泄する人間としての貴重な行為に、他人の手が入り、尊厳がズタズタに壊されていく。それは、死の道への一里塚なのだ。静はこの環境に辛抱強く耐えた。

だが治るでもなく治すでもないこの状態に、静は珍しく苛《いら》ついた。食事をいらないと断り、勧められて、ようやく一口、二口呑み込んだ。有無を云わせず行なわれる介護、投薬、介助が手厚ければ手厚いほど自分の意志とは乖離していく。

週二回、きちんと畳まれた洗濯物を持ち訪ねてくる長男の足音や声音の差違に、家での拗《こじ》れを感じ取り静の心は沈んだ。かつて世話した人を懐かしみ、誰とはなしに逢いたさが募る。一方で、今のこの姿を見られることに躊躇いがあった。この宙ぶらりんな状態がいつまで続くのか、全く見透せない状態に静は決断する。

家に帰ろう。そこに、静に馴染んだ空間がある。体は動かなくていい、そこに居さえすれば自分の気持ちは静まる。ともかく静は、ここを出たかった。

ある日、静は、職員が事務を執るカウンターの前に車椅子で進み出る。凛とした張りの確かな声で申し出た。

「うちに帰して下さい」

静の決断は固い。

「うちに帰して下さい」

カウンターの中にいるベテラン看護師が山積みの書類に目を落とし手際よく捌いている。入所したほとんどの人は、必ず一度はこの帰りたいコールを繰り返す。看護師は静の顔をちらっと見るが、またかの気持ちから何も答えず書類と格闘する。静の声が大きくなる。

「うちに帰して下さい」

おやつタイムで居残る入居者がいるフロアに、声が響く。いつも物静かな静のどこにそんなエネルギーが潜んでいたのだろうか。

そこに、たまたま娘が訪ねてきた。遭遇した静の様子に、事を察知し胸が潰れたが、すぐさま、静の脇にしゃがみ込み、尋ねる。

「帰るの？」

静は答える。

「帰ります」

静は、看護師に向かって今度は「帰ります」と断言する。

娘は覚悟する。静は退かないと。娘は言う。

「それじゃ帰ろう」

看護師に言う。

「帰ります。長い間お世話になりました」

静も続く。

「お世話になりました」

看護師はようやく驚いた顔で静を見返す。

「静さん、それは……」と言いかけて、言葉を呑む。で、娘の策略だと逸早く察し、

「そう、そう帰りますかぁ」と続いた。

静と娘「はい」と元気よく答えた。

「それじゃ失礼します」と娘は車椅子を押しエレベーターに向かう。別のスタッフが開錠ボタンを押す。「長い間お世話になりました。帰ります」と娘が言えば、すかさず「静さんに帰られちゃうと淋しいわ」と返す。静は何も答えず、エレベーターの扉の開くのを待つ。

外に出る。暮《く》れ泥《なず》むロータリーの花壇に、花々が煌《きら》めいている。

静は、その花に向って手を合わせ祈った。その手はこよなく美しかった。その母の後ろ姿に娘も手を合わせた。ふと見ると、静の顔は穏やかさを取り戻していた。このまま帰れたらどんなにいいだろう。娘は心底思った。介護タクシーで連れて帰れる。

「どうしようか」と静に問う。静は無言。

娘の声の中に無理を感じ取っているのだ。阿吽の呼吸で、「今日は遅いから、明日にしようか」の問いかけに静は無言で従う。フロアに戻る。怪訝を遮って娘が言う。

「今晩一晩だけ泊めてもらえませんか」

呑み込み顔が言う。

「静さん、夕食折角だから食べていって」

静は娘を案じて、おまえも食べていというが、娘の分はないといわれ、仕方なく引き下がる。静がテーブルに着くと、明日迎えにくる、と告げて娘は玄関を出る。

静の、帰りたい、は納まらなかった。その決定権は、介護のキーパーソンである長男にある。娘は静の気持ちを彼に伝えた。一日だけでも家に戻せないか、泊まらなくていい、長男は、悩ましい気持ちを抑えて、駄目だという。

娘は静に伝える。

「今日、頼んだからね」

また一日を延ばす。静は、涙を流して「頼むね、頼んだからね」を繰り返した。一日延びただけで、まだまだ宙ぶらりんは、続いていた。静は次第に諦めの気持ちが湧く。食欲は失せ、水も食べ物も咽喉を通らない。

一年を同じ施設で暮すうちに、静は、自分でもずいぶん弱ってきたと感じる。娘は毎月、四、五日、長野市内のホテルに宿をとり、通ってくるようになった。娘の顔を見るのは嬉しいが、静は、娘の行為に有らぬ憶測が生まれないかと心配する。

しかし娘は静の小さい用を熟《こな》す。

「ボタンを外して」指に力が入らず、外せない。

「足の親指が痛い」靴下が当たる。纏足の指の爪が反対側へ伸びて曲がっている。看護師に切ってもらい静は微笑む。

「トイレに行きたい」腹が張る。腹圧が弱く、静は我慢する癖がある。

静は、自分の状態を伝えられない。ナースコールを押すのが憚られる。下剤の処方には慣れず、体力が消耗して行く。

娘はいつも、何もしてやれないことを詫びる。静は、してやれるか、やれないではない、一緒にいる、一緒であるが救いなのだ、と思っている。こんな姿の自分を娘がどう思っているか気になる。「お母ちゃん」と呼び掛けられて問う。

「お母ちゃんってわかる」

娘は頷く。静、微笑む。そんな時間がただ過ぎて行く。

20

ある夕刻、訪ねた娘に静は再び、うちに帰りたいと言う。起き上り車椅子に乗れるのは今しかないと思った。

娘は夕暮の淡い光の中に静を連れ出す。

静の表情は固い。痩せて頬骨が尖ったがっちりと固まった表情には、今までの柔らかみはない。心の中にいかほどのものを抱えているか、傍からは窺い知れない。この固い表情は象二郎そのものだった。夕方だからまたにするという安直な言い訳は今の静には通じない。寒さが増した風を受けて、どこ行くともなく、施設の玄関から車椅子は移動する。

気がつくと、妹セツの入所している同じ敷地の別棟の玄関前にいた。長い間逢っていない妹だ。このチャンスを逃したら二度と逢えない、と娘は判断、セツのもとへ静を連れて行く。テーブルの仲間の中にいたセツは、静に気づき車椅子で近寄る。

「姉さん久ぶりだねぇ」

表情固く無言で視線は遠い。

「姉さん、そっか、そっかぁ」

すべて受けて、すべて伝えた。会話はない。

「そっかぁ、姉さん」を繰り返して、頬骨が浮き出た痩せた静の顔をじっと見つめて、一言「姉さん、きれいだわ」「やっぱり姉さんきれいだ」と独り言う。静の本性、怜悧端麗を視ているのだ。静の視線は遠くのまま。

娘は、そろそろお暇しなければ、と静を促し、セツに別れを告げる。セツの目に涙が浮かぶ。「姉さん達者でね」骨張った静の手に自分の手を重ねる。娘と車椅子の姉が、エレベーターに乗り扉が閉まるまでセツは見送った。

秋の夕暮は早い。急いで静の棟に戻る。玄関に入る直前、静が大声をあげる。

「帰りたーい」

終始無言の静だ。今度は娘が無言だ。半ば強引に車椅子を押す。

外は真っ暗。月だ。外気は冷たい。間もなくの冬を思わせた。

翌日は秋晴れだ。暖かい陽射しに、娘は静を誘い出す。玄関前のロータリーを静を乗せた車椅子がゆっくりと回る。秋の花が花壇に揺れている。

「ここは、どこ」

静は問う。娘は静の気持ちを斟酌する。静は、ベッドの生活で、たびたびここがどこかわからなくなる。娘になら聞けたのだ。

娘は虚を衝かれて慌てる。「ここ」は、この世なのか、この位置なのか、過去と現在のしばらくの間を指しているのか、「どこ」は、場所、位置、所在をはっきり定めずに問う言葉だ。

「ここはどこ」で肝腎なのは、主体、静の心の状態であり、精神の有り様だ。静の精神次第で、ここ、どこが決る。

静は遠くの山々を見ている。傍らの県道では、車列の流れが引っ切りなしだ。

静の心は地上の現実か、宙空の浮遊か、娘は窺い見て、今は地上と予測し、目線に沿って「あっちの方が吉田の方だよ。あのバスに乗れば長野駅に出る。家はそこから電車で十五分」

静は山から目を離さず、「あ、そう」

自分が見送られるであろうその先と、こちらに残る娘との界の、いま自分は、どこにいるんだろう、静は考え込んでいるのだ。静は宙空にいたのだ。

娘は狼狽《うろた》える。その動揺が車椅子を押す手から静に伝わり、静は我に返る。傍らの車列の流れに目を遣る。

「車がいっぱい」静の頬が微かに緩む。

施設に戻る。暖かい部屋だが温もりはない。娘は、予定を終え、戻って行った。

21

長男がくる。いつも午後の微睡にいる時、ふっと声をかけてくる。静はうっすら目を開け見る。

「あぁ、お前か」

「今日はどうだい」いつもの会話だ。

「お前、今どこにいるの?」

不意を衝かれ、答えに窮する。一緒に暮した家を忘れたのか、長男に不安が過《よぎ》る。大学で家を離れ、就職。所帯をもち、同居してからも、単身赴任で長く家を空けていた。静にとって、手を引いて歩いた幼い時から現在まで一瞬だ。静の「どこ」は時空を超えている。

「お前、今、どこにいるの」窮しながらも長男は話す。

「一緒に暮してただろ。あの三輪のうちだよ」ずっと以前に吉田から三輪に町名変更になっていた。静には吉田の名に馴染みがあった。

「あぁ」静の笑みを含んだ声に救われる。

「じゃな」

じっと目を見る。静も見返す。長男の後ろ姿が消え、足音が遠ざかる。

「私は、こんなになって、まだ生きている」静は思いが込み上げる。

秋の夕暮は早い。娘がひょっこり顔を出す。

「また来たよ、しばらく居るから」

「あ、そう」

「お前、今、どこにいるの」

この質問は、娘には地雷原を歩く緊張を強いる。静が今、何を思い問うているのか考える。今日の静は、顔色も良く、どこか生き生きとした生命力さえ感じられる。今日の質問は、現実のリアルモードだ。

「山梨から高速道路で、今着いた」

「あっそう」しっかり現実を捉えている。声のトーンでわかる。

娘は、静を車椅子で夕暮のロータリーへ連れ出す。静は県道に流れる車の列に目を遺る。ライト点灯の車、未だ点灯しない車、入り交じって斑《まだら》な光彩の帯だ。夕方のラッシュが始まるのだ。突然、静が言う。

「もう、うちには誰もいないんだってねぇ」

うちがどこのうちを指すのか、誰もいないの誰はどの人を言うのか、娘は静の言葉を待つ。

「もう、お父さんも、お母さんもいないんだってねえ」

静の目から涙が溢れる。

遠くの山々はようやくにシルエットだ。静の想いは、あの山の向こうの生家だ。家は昨秋、人手に渡った。静の過去に戻れる道、帰りつきたい家、それは西坂の生家なのだ。もう誰もいない。

長い沈黙が続く。車列の流れが一斉に点灯して家路を急ぐ。

今日は静が娘を促して居室に戻る。静はベッドに横たわり、考えに沈む。深沈とした静は、やがてかねがね考えていたことに修まりをつけていく。

人間は必ず死ぬものだ。

多くの場合、どうせ人は死ぬものだ、と他人のように嘯《うそぶ》いて、死の事実を直視することを嫌い、その暗黒の影から顔を背けようとする。死は普通、人間にとって生き物としての生命活動の停止、という医学的な意味において捉えられる。死の様相は千差万別である。いかに多種多様でも、それらを通じて、一貫して変わらない死の本質が存在している。その死の本質は、死と関わる自分の生の根底を見つめることではじめて獲得できる。エピクロスはいう、死は経験不可能だ。経験したときには死んでしまうのだから。

だが死の経験は、他者の死の目撃という形で与えられる。

大切なのは、故人が私たちから失われた、という存在喪失ではなく、当の故人が死に直面して経験した存在喪失としての死だ。死の現実化により、この世での存在を喪失し、非存在へと転化するのだ。死とは当の自分だけに関わり、その当人の存在を根底から覆す出来事だ。一人で引き受けねばならない無への転化という経験だ。

自己の存在の根底に無が潜んでいる。自己がこの世に存在する以前には自己はどこにもなく、無であった。無常のこの世はうたかたに過ぎ、再び自己は存在の無のなかに沈み込むのだ。

死は無の柩《ひつぎ》だ。死を含んだ、無としての存在が人間の真実であり、それ以外にどこにも存在の真理はない。最愛の人の死は、自己の生の根底を揺り動かし、死ぬほどの思いを痛感させる。死者の魂やその教えが、私たちの生に痛切に響いて魂を揺り動かす。私たちの生が、死者としての他者の生に大きく依存していることの証拠だ。図書館で万巻の書に接することは、実はほとんど死者の魂と交流する経験に他ならない。

生の意義を熟慮することをやめ、享楽と気散じに漫然と遊び呆けて、頽廃の境地に沈溺するようになれば、自らの死を選ぶに等しい。それは、生の充実を考えることを放棄した自暴自棄の人生だからである。人間は徹頭徹尾、死の影のもとに生きる存在なのだ。この憂悶にみちた現実が、人間の生存の真実なのだ。

22

暖かで、霙《みぞれ》が降る十一月。静は、食べなくなった。食べないと決めたのだ。食べる意欲もなく、体も受つけない。食べなきゃ死ぬ、そう言う長男の声に応えられない。

じっとベッドに横たわる。

看護師が半ば強制的にスプーンで口にいれる。一口、二口、顔を背け「いらない」と言う。点滴は拒む。

食べなくなってから、意外にも気分が良かった。体が楽に感じた。だが、体の衰えは急速だ。娘に呟く「いやになっちゃう、どうやって寝ていていいかわからない」幾つもの抱枕、クッション、体位交換で静の体は支えられた。
ホールから歌が流れてきた。目を瞑ったまま聞いている静の顎が微かにリズムを刻む。静は楽しそうに微笑んでいる。音楽は一瞬だけれど、人の命を支える生命力を持っている。きっと静の心を和らげる。

娘は決心する。静の傍にいることにする。長男に申し出、快諾を得る。早速、市内にマンションを借り、毎日、施設に通い始めた。底冷えの長野盆地、二十年ぶりの故郷での生活は、娘には馴染めなかった。それだけに施設に行くのは、静がいると思うだけで嬉しかった。

娘は朝、昼、晩、顔を出す。長逗留は禁物、静を疲れさす。滞在は三十分前後。幾度も静に繰り返す。市内に家を借りた。山梨には帰らない。毎日顔を見にくる。

静は事態を呑み込めたのか、「どこからきたの」の頻発をやめた。娘の来る気配を察して目を開けた。時にはベッドを起こしてもらい背中を凭《もた》せかけ、娘を迎えた。

食の細さは変わらずだが辛うじて点滴は免れていた。顔は赤みが点し、唇もきれいな紅色をしていた。医学的には強度の貧血、高い血糖値、血圧の数値を示し、投薬の効果もなかった。それでも静は、どこか楽しげだった。娘は、静の様子を見扱いながら、枕元で歌った。静はじっと聴いていた。

「野菊」を歌い始めたときだった。静が一緒に歌い始めた。

遠い山から吹いてくる
小寒い風に揺れながら
気高く清く匂う花
きれいな野菊薄紫よ

すべてを歌った。澄んだ声がよく響いた。

井戸の底から吹き上がった。飲まず食わず一ヶ月なのに。娘は胸に応える。自分の声によく似た母の声質だ。ソプラノだ。

「何の花が好き」娘が聞く。

「きく」静が答える。

静は色彩、美的バランスの感性は鋭い。長男はその影響を受け美術に才能を発揮している。

「こういうものは格好もんだから」は静の口癖だ。手先から編み出される洋服、着物、小物、雑貨類は、使い勝手よく、体に馴染み使う人を引き立てた。色柄の選択も、静特有の拘りがあり、さっぱりとしたシックな柄を好んだ。

娘は介護三原則、痛みを取る、誉める、摩《さす》る、を執拗に厳守した。幸い静は、ベッドでは痛みはなかった。体位交換の際にだけ、ちょっとした我慢を強いられた。娘は、静の背中や浮腫《むく》んだ足を摩りながら、静の過去を感謝を籠めて「さすがだね」と言いながら振り返った。静は目を大きく見開き天井を見つめて聴いていた。時には「そう」と言って頷くこともあるが、たいていは無言。


静はなぜか、いつも、自分をこの世に繋ぎ止めるかのように、ベッドの柵を握《にぎ》り緊《し》めていた。その骨張った手にそっと触れ、娘はその場を離れようとしたその時、珍しく握り返し、まだ行くなという目で見た。

娘は車椅子に静を乗せ、久し振りにロータリーに出る。花壇の秋の花は枯ればんでいる。静は流れる車列に目を遣り、遠くの山々に目を移し、呟きだす。

お前が傍にいてくれて嬉しいよ。お前がいないこの十年は寂しかった。わけがわからず苦しんだ。母ひとりのコンサートでわかったよ。すべて氷解。音楽する根源、音楽の根底にあるものを探しているんだね。あの夜キューピットが音楽の矢を射ていたよ。たくさんのキューピットが客席に向って矢を射ていた。お前は音楽のキューピット探しにいったんだね。女の子が生まれて嬉しかったよ。

可愛いかった。音楽が好きで、私も一生懸命応援してきた。お前がいなくなったのがいちばん辛かった。大学卒業前にして、フランス留学の話を辞退した。辞めてくれてよかった。次、就職直後、イタリア行きだ。一男が反対してくれてよかった。道草で有名、没頭して我を忘れる。行ったら戻らないと思った。あれだけ諦めて私から離れないお前が二十年私から離れた、子供を連れて。よほどのことだと思ったよ。いくら考えてもわからない。音楽のキューピットを観てわかったよ。

静は、ここまで一気に吐き出した。冬の冷気のなかに吹き出した。わずか五秒。娘だけには以心伝心、通じる。

「ありがとう、でも変り者と言われてる。抗っても争わない」

静は続ける。それは賢明。キューピットは形骸化したクラシック音楽界の革命児。徳川吉宗の落胤と偽り、世を騒がせた天一坊。お前は、誰もやらない大それたことに挑んでいる。抗って争わないことだ。音楽は、素晴らしい生きるための力を持っている。伝統を考えればわかる。

音楽の生き生きした人間くささ、柔軟性を見失ってはいけない。音楽こそ個のもの、個の魂、その集まりだ。反知性主義の世の中、知性、感性がもっとも必要なのだ。反知性主義は、音楽をも類型化し、固定化し、没個性にする。勢い、大衆性に流れ、音楽を商品化し名利追求に走る。利益優先の資本主義のもとでは必然。その情勢の転覆は並大抵のものではない。潔く大儀のために死ぬ覚悟が要るんだよ。私がやれなかったことをお前が挑んでいる。大丈夫。血は流れている。お前を誇りに思うよ。

一気に噴いた。

静の表情は石だ。

娘は静が、ここまでわかっていたことがわからなかった。

一陣の、至福の風が吹き過ぎた。

二人は母娘を超えた。

静は微熱が続き、時折、心臓が苦しいという。

23

静は最早、うちに帰りたいとは言わなくなった。かつて静は、手厚い看護のある市民病院に移りたいと言ったことがある。そこで静に頻脈、高血糖、高血圧、貧血、低栄養の治療を施すことになる。

娘が静に尋ねる。

「市民病院に行く？」

静は首を横に振る。もう一度確認する。

「ここにいるの？　市民病院にはいかないの？」

「行かないよ」今度ははっきり言葉にする。

どこで最期を迎えたいと考えているかはっきりした。娘は念を押す。

「もし急に体調が悪くなって、とっても苦しかったらその時は迷わず病院へ行こうね」

静は頷く。娘は苦痛を取りたいと思い、静は穏やかでありたいと思っていた。翌日、伝え聞いた長男が、静の意向を施設側に伝え、ターミナルケアの契約がなされた。

看取るということの本質は、契約という言葉には馴染まない。最期は病院でと考えていた長男は、戸惑いと覚悟のないまま、施設側の説明を受けた。無理な治療、延命はしない。エンゼルケアと呼ばれる死化粧や亡骸の処置、好きな着物での死装束の話を聞くうち、旋設に任せることにする。

何より静が施設で良いと言っているのだ。納得せざるを得ない。長男は、何とか来春まで持つだろうと思っているところに、急な死の用意の話に戸惑っていた。静は何度も厳しい状況から立ち直っていた。今回もそうあってほしいし、そうなるだろうと予見していた。「三月までは大丈夫だ」長男は独り呟いて戻って行った。

長男は静の訪問着を一揃い持ってきていた。もしもの時、これを着せてほしいと静に言われていたものだ。長男はそれを、いつもの箪笥にそっと仕舞った。樟脳の香が室内に漂った。

静は悟る。その時が近いと。

間もなく、静は四人部屋から個室に移った。

広く明るい部屋は、静かで誰に気兼ねする事もなく、安らいだ。静は穏やかになり、頬は赤みを帯び華やかに見えた。時に静は、出された食事を完食することがあった。精神は拒否でも、体が生きようとしたのだ。周りが驚いたが、長くは続かなかった。

「舌をどうやって動かしていいかわからない」と娘に訴える。義歯なしで口に入る粥をどう飲み込むかわからない。舌が暴れ、複雑な口の動きができないのだ。

食べる意欲は失せる。

「お前、もういいよ」

静は、やってきた娘に言う。こんな私の傍にいて辛くないか、と娘を思い遣る。

「もういいよ」静は重ねて言う。

娘は答える。

「もうちょっと傍にいさせてね」

「どうであれ、私はここに来るのが楽しみだから」

するとと静も、

「私もお前が来てくれるのが楽しみだよ」

と言う。

「今日の歌はプレーヤー聞いて下さい」

あの母ひとりのためのコンサートのラストソングだ。

時を越え、空を越えたどりつくから
降りつもる悲しみに負けることなく……

静はもう泣かない。泣いていない。

長男もやってくる。唱歌「お正月」を歌う。静も唱和する。

もういくつ寝るとお正月
お正月には凧あげて

次は何だっけ、と娘が聞くと、
独楽を回して、と静が歌い繋ぐ。
遊びましょ、声を合せる。

早く来い来いお正月。


歌い切る。

「お母ちゃん歌えるのか」と驚いた長男に、静は呟くように言う。

「お母ちゃんはもう、お前には何もしてやれない」次いで、自分に向って「もう何もしてやれない」

長男は、慌てて言葉を遮る。

「いいさ。いっぱいやってくれたじゃないか。いっぱいやってもらった。いいさよう」

きっぱりと静に向って言う。静は目を瞑る。

次男がやってくる。静の変容ぶりにたじろぎ、立ち尽くす。「どうだい」と言うのが精一杯。

娘が沈黙を破って、言う。

「手を握って」

促され、静の手を握る。長男も静の手を握る。生きて手を繋ぐのは最後かもしれない。感慨はあるが、二人は少し照れて、ぶっきらぼうに「じゃあ」と言い、部屋を出た。出がけに次男が振り返る。

「元気でねえ」

「お前も体に気をつけなよ。けがしないようにね」

静の精一杯の気遣いが次男の後を追う。

十二月半ば。

娘は個室に花瓶を三個持ち込んだ。温室育ちの薔薇、霞草、季節外れの向日葵、菖蒲、胡蝶蘭を生けた。

静は微睡んでいることが多くなった。

娘は朝、昼、晩、訪れては花の水を換える。静は、水の音に耳をそばだてる。頬が微かにゆるむ。

思わぬ効果があった。看護師が「静さん、花きれいだね」。花を話題にしながら一匙の粥を口に運び、ついでに薬を飲ませた。花は看護師、介護師、スタッフを慰めた。

歌は隣室、廊下に小さく響く。歌の空気と花の空気が流れ、スタッフは一様に、私たちが慰められますと言う。

師走の冷たい風に雪が舞う。

娘は、積った雪で雪玉をつくり、静の鼻の傍にそっと差し出す。眠っていると思った静が、目を開け呟く。

「あっ、雪の匂い」目を瞑る。

雪には雪の匂いがある。静は、西坂の豪雪を想う。囲炉裏を囲む両親、兄弟、妹に世話を焼く静、若い、皆若い。

「触ってみる？」と娘が尋ねる。

ふっと我に返り、静は目の前の雪玉に触る。

「冷たい」

自分は未だ生きている。朦朧ももやもやが即かず離れずだ。冥界の兆しは不可だ。花瓶に花に目を遣る。

「きれいだね」

明けて、平成二十九年正月。看護師、スタッフが次々と静のベットに近づいて、年頭の挨拶をする。静も律儀に挨拶を返す。

「明けましておめでとうございます。今年もよろしくお願いいたします」

食べないと決めて三ヶ月、我ながらよく年を越せたと思う。

娘が搗《つ》きたての餅を持ってきた。静はもちろん食べられない。餅を鼻に近づける。

「ああ、餅だ」静の頬が緩み、笑みが毀れた。静は、娘の気持ちだけで嬉しかった。

静は深い眠りに落ちた。

途中、ふと薄目を開けて「きもの」と言って、そのまま瞑る。娘が開き返すと、再び「きもの」と答えた。

娘はあれこれ考えを巡らせるが不可解だ。静の着物か、娘の着物か、喪服のことか。

娘は当て推量で、その時の死装束の着物のことかと考えて、長男が持ってきて箪笥に入れた着物を出してみた。

「これのこと?」と聞くと、静は、重い瞼を開けじっと見て、頷いた。何事につけ周到な用意の静らしさだ。加えて、娘に喪服の準備を促す気遣いに、心が動く。急かされた気がした。娘は、自分の喪服の準備ができる日まで、静は旅立ちを待つだろうと、決め込んだ。

正月が明け、長男がやってくる。静の顔が輝く。

「お母ちゃんのお陰で無事正月を迎えられた」

元教員らしく「二〇一七年、平成二十九年だ」と宣言するように言う。静はちょっと笑う。自分も嬉しく思う。

新しくベットを交換する。床擦《とこず》れを防ぐエアーマットに替えた。

一月八日、いつもと変わらない朝を迎える。

体に障らないベッドは楽だ。気分も良い。

うつらうつらする。

娘の足音がする。花の水換えの音。

しばらく顔を見ていた娘が、気持ち良く眠っている静を起こさないように退室する。

昼も変らぬ時間の流れだ。

暮れ万、娘は些かの胸騒ぎを感じ、今しかないと想い出話をしかける。柏原の大雪、雪道づくりの難渋、蜜柑箱の竹橇、長男のスキー大会、次男誕生の喜び。次々繰り広げ、誠心誠意尽くの、静に皆が感謝してると話した。そしてこれからは静の真似はできないが、抗うが争わないと誓った。

静は眼をしっかり見開いて聴いている。

時に頷き、時に笑い、時に「そう」と短く相槌をうつ。

暮れかかり室内に明かりが点る。

静が突然天井を指差し「あっ、月」と言う。天井には、丸い大きな半透明のカバーした照明がついている。

「ほんとうだね、月見えるね」娘が答えた。静は、そのまま眠りにつく。

外に出ると本物の月が空に架かっていた。

夢に象二郎が馬に乗ってきた。

「お前はかわいい、お前は賢い」

懐かしい、信心深い父の匂いが漂う。膝に掬い上げてくれた。救われた心地になる。考えが収まる。

死を越えた存在にかかわる道はあるのか。多くの人は、超越的な絶対者の存在を信じない。精神的懐疑に囚われた不幸な人間だ。神は死んだという虚無が広がっている。現実の悲惨をすべて知り尽くし、起ってくる一切の出来事を見抜き、記憶し、けっして抹消されない全知のなかにこれを映し出す働きをする。それが絶対者だ。

それが、この世に存在するかどうかが問題ではない。死の限界意識、悲惨の自覚からの懐疑、絶望、憂悶のなかで絶対者に対する希求が生まれてくる。その願いの根源が問題なのだ。それが絶対者の観念だ。死への問題意識が絶対者という観念の土壌なのだ。

人間の生きる営みが無意味でないためには、その精進と努力を見届け、意味づける絶対者の眼差しが存在しなければならない。誰でも、自らの心の奥深くに絶対者の眼差しの影を宿している。それこそが、死をも超える人間の尊厳なのだ。

翌九日。

夕刻六時、常より遅れて娘が来る。背を凭《もた》せ半身起こした静と目が合う。静がしきりと手招きする。やっと来てくれたという表情で、笑ったように見えた。

「具合が悪いの？」

「どうした？」

緊迫した気配に娘は、畳みかける。

静は、うんうんと頷く。

「心臓。心臓が苦しいの」

静は心臓に手をやりながら、またもや頷く。息が苦しいらしく、声が出ない様子だ。

看護師が来る。「もう少し体を起こしてみる」と打診する。静は頷く。ベッドの背を起こす。静の苦しさは変らず、目を大きく見開き喘ぐ。夜間担当の若い男性看護師も来る。

「この苦しむのだけは何とかなりませんか」と娘が懇願する。

「この時間ですから」と歯切れが悪い。

「お医者さんに連絡お願いします」再び頼む。携帯で何やらあって、薬を飲ませる指示があったという。看護師二人がかりで結構大きめの錠剤を飲ませる。静は必死で吸呑みの水で飲む。

「今、ごくんといったよね。薬飲めたからきっとよくなるよ」「それじゃあ、また明日ね」と部屋を出て行く。静は微笑んで手を合わせ見送った。

その直後、再び静が苦しみ始めた。先ほどより激しい。若い女性スタッフ二名が夜勤で残っていた。様子を伝えると「今、看護師に連絡いれてます」と悠長だ。「すぐお願いします」と言い残し部屋に戻る。

静は「ああ、苦しい」と声を出す。

到着した看護師が血圧を計るが計測できないと言う。もう一度計る。測定できない。

「何かできることは」と娘が聞くと、首を横に振る。

長男に電話を入れることにする。

電話の間、静が喘《あえ》いでいる。

電話に出た長男は「看取りは施設に頼んである。すぐ行けるかどうか相談して……」と歯切れが悪い。

「看取り態勢できてません」娘は憤慨する。静のもとに戻る。静は息を荒らげ、ベッドの柵をしっかり握り緊め「ああ、苦しい」と喘いでいる。

もし、長男が来れなければ独りで、覚悟を決めて再び電話する。意外にも携帯の声は「今そっちに向かっている」と。さっきの電話ですぐ家を出ていたのだ。玄関先に出ると、長男が、強い風を除けるように身を斜めにし、帽子を手で押え、今、まさに玄関に入ろうとしているところだった。

長い廊下を歩きながら状況を簡潔に伝える。

「大丈夫か」苦しむ静に長男が言う。

「看護師に話をきいてくる」と出ていく。

先ほどの看護師が娘の顔を見て「すみません」と言う。「血圧が測れないのは、あなたの所為ではありません」と言うと涙を流し、横を向いた。

静の呼吸は短く、浅く、荒くなってきている。娘は、スタッフと立ち話の長男に、鋭く短く声をかける。

長男、走ってくる。次男に連絡する。

娘は静に声をかける。

「もうすぐ楽になるから、あと少し、誰かが迎えにきてるでしょ、今一番苦しい時、あと少しで楽になるから」

激しく上下する胸に手を置いて摩《さす》る。無駄だとわかっていても、やめられない。静を励ます声のたびに、長男が、うんうんと返事をしている。

「逝くよ」娘は、静と長男に声をかける。

最早、息を吸えない静は、口を開いている。

浅い口で、浅く息をする。

静の顔に笑みが浮かぶ。

息が止まる。

夜、八時半。

「楽になったね」

娘が労《ねぎら》う。次いで、

「よく頑張った」静の代りに、長男が頷く。

次男が到着する。

「何だ逝っちまったのか」

「間に合わなかったね」と娘が言う。

「いや見たくなかったかも」と次男。

「本人も見せたくなかったかもしれないね」と娘。次男素直に頷く。静は、長男は致し方ないにしても、自分の苦しむ姿は末っ子には見せたくないと思っていた。

静の体は柔らかに、嫋やかに、真っ直ぐに伸び、骨折で内側に捻転していた足が、嘘のように元に戻っていた。纏足も指もなぜか綺麗に元の形になっている。組んだ手も、細く美しい指が際立つ。微笑みを湛え、若い頃そのままの姿で、横たわっている。

用意してあった着物を着ている姿は、生きていたどの時よりも美しく、その姿で旅立って行くことができて、娘は安堵した。

時計はすでに十時を回っている。長男、次男は家に引き上げた。

娘は一晩、静に付き添うことにする。

簡易ベッドで、静の脇で横になる。横たわり静の見ていた光景を見る。

花瓶の花が目に入る。

天井の照明だ。

「あっ月だ」娘が声をあげる。

「お母ちゃん、ほんとに月に見えるんだね」

そうだよ、静の声だ。

早朝、信越五岳が見降ろしている。

凍てつく冷気が霊気に変わる。
黒い霊柩車が滑り出る。
凛々が響くなか凛として滑る。
想出の花壇を過ぎ、門に近づく。
窓に静の顔だ。
立ち尽くす了作に視線が来た。
絶対者の眼差しだ。
穏和な風だ。静の眼と見紛う助手席の長男のだ。
見交わしながら、霊気の靄に消えて行く。
了作は眼で追う。
鮮やかな死を、死んでみた。
鮮やかな生を、生きてみた。

波の穂をなして、うねうねと続く芒《すすき》の原だ。

見渡すかぎり枯れ枯れとした尾花ばかりが連なっている。

涯《はて》は黒ずんだ原の彼方に消えている。

空は濃く薄く墨を流したように濁っている。

時折吹きつける風に尾花が靡《なび》いている。

女が独り歩いている。

足を休めて、伸び上がって前を見、後を見たが、ひろがる原のなかに、人影はおろか、生きものの姿一つない。聞こえるのは風の音だけ。不気味だ。

だが女の顔つきに動じた様子はない。凛としたさまは、静だ。

あれからどれだけ経ったか定かではない。葬儀から一瞬のようでもあり、永かったようでもある。ひたすら歩いた。

靄の中、芒の中だ。裸足の歩きだ。

山深い通学の路が過ぎる。

茫々の芒の隧道《ずいどう》が狭まったり拡がったりした。

そのたび、明るくなったり翳ったりした。風が唸ったり唄ったりした。

かすかに馬の蹄らしい音だ。姿は見えないが、音は次第に近づいて来る。

馬に跨がった一人の男が現れた。父の象二郎だ、近衛兵だ。千恵を見て、可愛い、よく来た、と目で伝えると、踵をめぐらし芒に消えた。迎えにきたのだと眼を凝らすと、芒の彼方に、何やら人家らしい。茅葺き屋根で棟を別けた、大きな民家が浮かび出た。静の家だ。家族十四人で暮らした家だ。中門造りだ。田の字の間取りだ。

静は微笑を浮べる。気づくと体は女学生だ。昔ながらだ。妹たちと心置きなく話ができる。これまで老醜が気になって避けていたのだ。スウェーデンボリ思想では、人は死後一旦精霊になり精霊界に入ったのち、そこを出て霊界に入り、そこで永遠の生を送る霊となる。静の霊は、足取り軽く芒の林を掻き分ける。

靄の中に男だ。静の最愛の弟、章雄だ。

鋭敏な神経、明晰な頭脳の秀才だったが、周囲の無理解、虐待で強制入院、戦争神経症の症状に倒れた。痩せこけだった。いま見違えるほど、満面の笑みで溌剌、高い界層に属している様相で、静の前に立っている。静は、感動で胸がつまる。

批判哲学者カントは云う。「どの人間の魂も霊界に座を占めており、つねに彼の真と善との内的状態、すなわち悟姓と意志の状態に適合したある種の界層に属している」。霊界には三つの世界があり、それを上、中、下の三世界という。三世界に住む霊の性質には、主にその霊の人格の高さという点に違いがあり、上世界に住む霊は、霊の心の窓がもっとも広く開け、深く考え、中世界はこれに次ぎ下世界はこれに劣る。

章雄は人間界では深い孤独の存在で、自己を見詰め、他者との関わりを考え直し、世界と存在のすべてに思いを馳せ、静かに思索し、内面的人間のうちに真理は宿る、と念じていたのだ。その甲斐あって霊界では高みにいるのだ。人間の本性は霊界で暴露される。人間の真意は隠せず、善いふりをすることもできない。その性質は、そのときその意志のあるがままに留まるのだ。本質に深く沈思することこそがすべてだ。章雄が沈思し、苦しみ抜き考え抜いた姿が、静に甦る。秘かに歓びをかみしめる。

人間界から霊界は見られない。

霊界から人間界は見られない。

靄が流れている。

時間が流れている。

枯れ枯れの尾花が連なっている。
芒の原だ。
静が、歩いている。
独りで引き受けている。
自己の存在に潜む、無への転化。
無に立ち向かう気概に溢れ。
愛した人の顕れを俟《ま》ち。
芒を歩く。
靄が流れる。
時間が流れる。
時間を生きる。

老賢者　祝翁

「あの世、行ってきたよ」

夕暮の逆光を浴びて、すっくと立ったのは老爺だ。穏やかながら威厳を匂わせている。聳《そび》え立つ甲斐駒ヶ岳を背に、山裾に白い雲を棚引かせている。山塊から湧き出る霊気に包まれて凛と響くのは、了作が親炙に浴している声音だ。

山荘のベランダに小柄ながらの仁王立ちで了作と対峙する。その唐突さに多少の訝りを匂わせても平然としている。その言葉もあたかも了作が待ち受けてでもいたかのように、馴れた風情で、構わず続ける。

「いいとこだったよ。緑のトンネルを走ったよ。白い光、見えていたよ」

まるで了作に頼まれて探索し、潜入捜査の報告でもするように、満足気に鼻蠢《うごめ》かしている。頼まれていてもいなくても君の悦ぶ報せだ、という顔付きで自信に溢れている。言うだけ言うと、長居は無用とばかりに、足早に去って行った。

居残った了作は考え込む。

1

あの世、の発語は唐突のようで、唐突ではないのだ。

ここ数ヶ月、老人と了作の対話の中には、あの世、霊魂、死後生の言葉が頻発していた。対話のほとんどは燃え盛る竹の束の炎の傍らで出た。老人の持山の竹林を伐採し、その竹材を山積みして火を放つのだ。中国の竹林の七賢人の故事に肖《あやか》って、世塵を避けての清談気取りだ。スリルも些《いささ》か感じていた。老人は、山麓をしばらく降った街道沿いに居を構えた素封家だ。方々に持山があり竹林がある。いくら伐採しても山の手入れの一環にさえもならない。

二人はどことなく意気投合し、暇に飽かして竹林を伐採し、燃やした。炎の揺らめきは傍らの人間を感動させ、感傷を超え深い道理に心を導く。哲学的気分を煽る。

切株に腰をおろし講釈をはじめる老人はたちまち哲人、老子に変身する。初手は竹の自燃力の分析だ。竹は自身の力で燃えて、炎をあげ他を燃焼させるに勝れている。燃え盛る炎に焙《あぶ》られての説得力だ。次いで世情に通じた事件についてひとくさり、遂には人生哲学になる。老い、死の考察を経て、人間はどう生きるかに辿り着く。

了作は、ただ聞くだけ、聞き上手に徹する。老人は見識高く話術巧みだ。大学高等師範を卒業、永年教職にあり各校の学校長を歴任している。了作は寺子屋の塾生になった二人だけの御前講義をうける。燃える炎が煽る論調に魅せられて時を忘れ、周囲を失う。

ある時、二人は没頭のあまり、すんでのところで山火事が未遂に終わったことがある。気がついたとき、竹の炎が燃え移り、足元の枯れ芝の下を火があちこち廻っていた。慌てた了作が踏み消そうと追い廻すと、火はその先へ先と逃げ込んで嘲弄している。近くの細い溝に水が流れていたが汲む容器がない。麦藁帽子を逆さに汲み汲み運んだが、すぐさま破れた。火勢は衰えず呆然覚悟した。たまたま、近間の人が消して事なきを得た。

その間、老人は、檜の小枝を手折って、水に浸けては芝面を叩き続けていた。神事のお払いの所作だ。「大丈夫、大丈夫」と繰り返しながら。宜《むべ》なるかな、老人は諏訪大社の分社で諏訪神社と呼ばれる大井俣神社の宮司だ。彼の生れた大井ヶ森は、古来より甲斐と信濃の道筋で、交通の重要地点で、信玄の棒道と云われ、武田の甲州軍団の信濃攻略に頻繁に利用された。信玄出陣の際の戦勝祈願が行なわれた神社だ。

老人は山梨県神社庁峡北支部理事を委嘱されている。大井ヶ森簡易郵便局長にも就いている。長坂町会議員を三期勤めあげた。この地域でのウルトラ先導者の名に恥じないのに、それらしくない好々爺だ。変り者、の声さえ聞こえる。凡人に理解しがたいものは、全て変わり者扱いだ。

ただ内から滲み出る彼の威厳は隠せない。了作は山荘に転居直後に知合う僥倖に恵まれた。

2

彼の名は、祝与親《はふりよしちか》。はふり、は神に仕えるのを職とする者。

明治四十四年春、長坂町大井ヶ森に生まれる。父与重《よじゅう》、母おこまの五男六女の長男として生まれる。明治四十一年、祖父敬親が十三代村長に就任したが、病弱のため五ヶ月間の在任だった。彼は「村の振興は教育にある」と、農産物の生産向上より住民の教養を高める政治をとり、自ら寺子屋を開いた。その子与重は、二十八代村長として、親の教えを受けて教育政策に専念、小学校建設の際、敷地五〇アールを無償提供した。与親はその与重の長男だ。

彼は県立韮崎中学校卒業。日本大学高等師範部国語漢文科を卒業し、東京都、山梨県の小学校長、中学校長を歴任。昭和四十二年退職。

彼の戦中、戦後、常に教職にあっての苦労話は、幾度聞いても了作の心は動き、騒ぎ、沈んでいく。殊に戦中、東京新宿の小学校で、疎開先の学校の窓枠にきた鳩を捉えて、食糧難を凌いだ苦心には舌を巻く。また、戦後故郷の高根小学校に赴任した時、生徒の遠足が、高峰甲斐駒ヶ岳の日帰り登頂と知って驚いた。その上、途中、難所の鎖場、がれ場では生徒の手をとり足を支えて岩場を攀《よ》じのぼらせると知って二度喫驚。了作、憧れの甲斐駒岳で二度も登頂に挑み中途断念しただけに、嫉妬と羨望一入《ひとしお》なのだ。

了作は、晩年は甲斐駒の麓で暮らしたいと決めていた。終日、山と向き合い思索する。朝な夕な語りかけ念いかけ、いかに生き、いかに死ぬかを惑いまくる。膨大な時の流れを視てきた山塊だ。時の嵩だけの揺るぎない存在感を視ていたいのだ。

その山麓で了作と祝與親との出会いは、古稀と卒寿に近い年齢だった。彼は、老いていく過程の大先輩だ。

人間は年とともに老いてゆく。

この世に生まれて、やがて必ず、老い、そして病をえて、死んでゆく。その宿命は免れがたい。たしかに、老いてゆくのは当の自分自身だ。そしてそのことを知っているのも、その当の自分自身だ。自己のうちには、変わることのない、同一の自己が住んでいる。

来し方と行く末を考える一貫した自己自身があって初めて、自己の年老いてゆき、やがて死を迎える事実も覚悟され、受けとめられるのだ。生老病死を越えて、すべてを映し出し、見て取る、心眼、精神、人格としての変わることのない自己が存在する。その根底的自己にはある意味では、老いも死もない。その不動の深み静けさを湛えた心眼の前には、この世の現象のすべてが泡沫に等しいのだ。

老いは端的にいって、心身の変化や不調、障害や不全、病気や苦悩、困難や窮迫、亀裂や別離、事故や災害、対立や紛争といった人生の暗い側面を表す様相を帯びながら迫ってくる傾向が強い。

もちろん、明るく幸せな老年も存在するが、老いては、もともと死の予感とも結びついて、悲惨な様相の影を内在させている。老いと高齢化の行く手は、誰にも予測できないのだ。老いとともに円熟する人生も考えられるが、人間は思いどおりに、円熟させたり、若返らせたり、老化させたり、終わらせたりすることはできないのだ。

人間の一生を捉えるライフサイクルという概念がある。人間がこの世に生まれ、成長して成人となり、その後には年をとり老人となって、死に到る、その変化だ。ライフサイクルの基本的意味は一つには、初めから終わりまで、即ち誕生から死。二つには、それぞれの時期を季節として各段階を考えることだ。ユングは云う「自我の確立は人生前半の仕事であり、後半の仕事はそれを超えて自己との対決の相互作用で自己実現を行なってゆく。重要なのだ」。

この後半の問題に直面して生きるには、多くの困難さがある。それ故にこそ真の個性を見出してゆけるのだ。その生き方は人生の芸術といえる。生きることの芸術はあらゆる芸術の中でも最も傑出している。われわれの人生そのものが固有の作品であると考えれば、人間は全てが芸術家といえる。

確かに自己実現は、自分のやりたいことをやり、潜在力を伸ばすことだが、その過程においてネガティブな内容と対決しなくてはならない。そして人生後半の課題は、自分なりのコスモロジーを完成させることだ。この世に存在するすべてを、自分もそこに入れ込むことによって、ひとつの全体性をもったイメージへとつくりあげることだ。

コスモロジーの完成には、悪の位置づけが欠かせない。少し内省する人ならば、自分のなかの悪の存在を自覚する。悪と戦って、その悪をコスモロジーに取り入れる。悪とか死とかを取り入れる必要がある。そして、ライフサイクルを生き切るためには、重要な境界線を突き切る必要がある。ライフサイクルの最後にくる死の問題を考えるうえに「死の体験」が重要になってくる。

3

「あの世、行ってきたよ」

瀕死体験を語った祝老人に、了作は強い感銘を受けたが、その内容は興味深いものだった。瀕死体験は人により異なるが、驚くほどの共通点がある。それについて、レイモンド・ムーディは『かいまみた死後の世界』、キュブラー・ロスは『死ぬ瞬間』を出版し話題をよんだ。二人は著名な医学者だ。

それによれば耳障りな音が聞え、暗いトンネルを猛烈な速度で通り抜けたように感じ、自分の肉体を抜け出て、自分を見詰めている。すでに死亡している友人、知人の霊がすぐそばにいることも、なんとなくわかる。今まで経験したことのない愛と暖かさに満ちた霊、光の生命が顕れ、自分の一生の総括をさせる質問を投げかける。一種の障壁とも境界ともいえるようなものに近づく。激しい歓喜、愛、やすらぎに圧倒されそうになるが、なぜか蘇生する。

祝老人は矍鑠《かくしやく》としていた。

それは地域の温泉での事故だった。

休憩室で仲間と囲碁を愉しんでいた。対局待ちの際、ひとりで浴場へ行ったが戻らず、気がかりの仲間が覗いて、浴槽に沈んでいる與親を発見。救急車で病院へ運んだが、大量の湯を呑んでいた。救急車のなかで「死んじもう」と大声で叫んだ。本人は夢か現かだったが、同乗の娘が現実に老人の声を聞いている。そして蘇生した。

トンネル走った、白い光、よかったよ。

祝老人の表現は世界の学者のそれとぴったり一致している。寸分違わず。それは紛れもなく現世と来世の境目の表出だ。老人の語りは微に入り細にわたる。

ここは西に甲斐駒ヶ岳を望み、八ヶ岳連峰と赤石山脈に挟まれた峡谷だ。それは深い山麓での出来事だ。岩壁の山襞は、来世、死の道へ出入りの門口なのか。了作親炙の、最も身近な出来だ。それが『チベット死者の書』やスウェーデンボリの霊界記述と全く一致しているのだ。その信憑性は疑えない。

了作は、あらためて諸々の書籍、瀕死、臨死の記述が甦る。死の道の水先案内だ。なかでも宮沢賢治の「銀河鉄道の夜」が脳裏から離れない。この作品は彼の妹の死に繋がっている。その悲しみは「永訣の朝」「無声慟哭」の詩にある。彼は、妹に対する深い共感から、妹の死出の旅路に、行ける限り同行したのだ。それは賢治の瀕死体験だ。

謂わば、死んでみたと云えるのだ。それだから「銀河鉄道の夜」はムーディの記述と類似性が著しい。

まずステーションから発車の際の描写は、ムーディの瀕死体験の、耳障りな音やトンネルの感じに対応している。次いで、「億万のほたる烏賊の火を一ぺんに化石させて」はムーディの生命の光の輝きに繋がる。その後に鉄道沿いに見られる景色などもこの世ならぬ透明な輝きだ。ムーディは体外意識体験において「絶望的なほどの孤独」を述べているが、銀河鉄道の旅の間に感じる孤独感も、非常によく描写されている。そして、細部にわたるもののみならず、全体としての透明感は確かにこの世のものではない。だが、幻覚とは似ても似つかない、確からしさの手応えがあるのだ。ここで非常に大切なことには、このような瀕死体験をした人は死を恐れなくなる。死はその人の心のなかに位置付けられ受容される。

祝老人の瀕死体験は希有な僥倖だった。彼のコスモロジー完成に与って余りあるものがあった。死後のイメージを創りだすことで、人生を豊かにし全体的な姿をとる。死後の視座から現世を照らし、意義ある生を把握できる。老いを受け入れ死を受け入れる。

ユングは、自分の学説にふさわしい見事な死を迎えている。彼はスイスの湖畔、ボーリンゲンに独特の城をつくり、瞑想に耽り、内界との接触を保っていた。死が近づいた頃、夢の中で、「あちらの世界」に「もう一つのボーリンゲン」が完成したと知り、彼の死が近づいたことを知るのである。死を迎えるための長い精進が必要だった。

わが国でも、ユングの夢に匹敵する夢を見て、「この夢は死夢なり」と断定し、死の準備をした人がいる。明恵上人だ。鎌倉時代の名僧だ。

生涯にわたって夢の日記をつけ続けた希有の人だ。ユングがボーリンゲンの「城」を愛したのに対し、明恵は「自然」を愛した人だった。若くして和歌山の白上の峰ですごし、自然と深くかかわりあった。それで、夢の中で「あちらの世界」の自然を見、それを引き抜いて自分の住んでるところの傍においたのだ。この夢を、来世の果報に現世をつなぐものと考え、死夢と断定した。

ユングも明恵も、死後については、深い人生経験とかかわる、宗教にとらわれないイメージであることも共通している。思想としての死の準備が重要なのである。ライフサイクルは死をもって終わりとなるが、それを死を超えて拡張して考えること、で、サイクルの有限性を認識し受容できるのだ。

4

祝老人は、地域の先導者としての役割を果してきたが、有識の先達は、サイクルの後半、老いて老賢者のイメージになる。知恵深く常識を超え洞察する。形なきものの声を聞く。

老賢者の姿として中国では、碁を打っている仙人というイメージがある。祝老人も囲碁に填《は》まり、一日中打興じたりしていた。習い覚えは定かでないが、校長室の余暇からとしてほぼ半世紀、病膏肓の顰《ひそ》みに倣う。了作が自宅を訪れると必ず碁仲間と一緒だ。温泉の別室を覗けば、囲碁に熱中する背中が見えた。座りづめの腰痛に、脚の短い座椅子を薦めたりした。

湯の底に沈む直前も、彼は碁仲間と碁盤にむかっていたのだ。湯の中で、黒石と白石の拮抗に気をとられ、足を滑らせ腰が立たなくなったと思われる。盤面では一石ごとに月日は移り、世界が変わっていたのだから。

碁は遥かな起源において、神のもの、神々の遊びだった。碁が聖性を失って俗の領域に移ってからも、神々はこの遊びに執着し深く絡めとられていた。それは、囲碁といわずコスモジカルで運命的な遊戯がことのほか好きだったから。碁は勝負を争うが、その根底には幽遠な宇宙論的な世界が潜んでいる。局限された盤上に、簡潔で複雑なシンボリズムにしたがって世界と人間の運命を築きあげ、また一瞬にしてそれを倒壊させる。囲碁を中間に挟んで結ばれる、天上と地上との対立関係を軸に、夢幻と現実、生と死、日常的時間と神話的時間、天上界と地上界地下界、隠里と村里、神童と老賢者、陰の原理と陽の原理などが交錯し回転するところに囲碁の宇宙論の根底がある。それが囲碁の象徴性についてのコスモロジカルな理解だ。

象徴は規則ではないから遊戯者の意図と行為を規制することはない。実際の勝負の展開がどうであれ、それによって何らの変更を受けることなく、象徴は象徴として碁盤のうえに存在しつづける。囲碁は、この上なく静穏で平和な遊戯であり、この遊戯の象徴する宇宙の存在の生命力を、人間の内部に置き換えることが可能であり、それは対局する人たちの望みなのだ。

碁の神秘は凡人の身に怪しい超自然現象をひきおこし、その心を虜にする。碁きちがいの好敵手同士ふたりして碁盤に対していさえすればこのうえなく幸せなのだ。その神秘の魅力に絡めとられた碁打ちたちと了作は接触が多かった。

中でも、その神秘を潜り、自己実現を培った才人、二人を忘れることは出来ない。二人とも、地方出身で苦学して大学を卒業した。その途次、囲碁修業、道を窮めた高段者だ。二人は、財界と新聞で各々頭角を現した。

一方は、研磨剤企業で将来を属望されていた。若くして近場の碁会所破りを果し、郊外の愛好者にまで名を馳せていた。ある夜、鎌倉の素封家の主の家に連立った。

初めに置く一石、次いで打つ石、裂魄の気迫がつづいて、宇宙の発生、万物の生成存在滅亡が迅速に展開する。強靱な殺気が満ちて、鋭く撓《たわ》んだ彼の指先が虚無の風を吹き込んでいる。盤上に陰の原理と陽の原理が交錯、葛藤だ。一陣の風、闘いは終焉だ。二人は虚ろで帰路につく。彼の長身痩躯はニヒルな剣の達人、平手造酒に似て、了作の脳裏に執拗だ。永く、かなりの回数、盤上の生々流転に立ち会った。

その後は消息不明で絶えている。

一方の新聞記者は温厚な人柄、人格者だ。九州の果て宮崎の出身だ。頭の回転がはやく、才知が際立っている。大手新聞社の学芸部で音楽を担当、健筆を揮う。達者な文章は表現の的確は然《さ》ることながら、必ず文章の一部に人間味の発露を含ませている。人格が滲み出ている。他に類をみない。

才気換発、勢い出世人事の打診頻りだが「生涯一記者」に徹し、首を縦に振らなかった。さまざまな囲碁観戦記を物し、出版する。日中囲碁名人戦の実現に尽力する。了作、兄とも師とも敬愛してやまない人物。

『囲碁名人戦好局集』の、あとがきに述べている。「……本当に、ただ数字だけが並んでいるだけなのに、棋譜には棋士のすべてが入っている。棋士の身を削るような長考、得意、失意、そして息づかいまでが刻み込まれている。しかし残念ながら、どんな観戦記をもってしても、それを完全には再現することは不可能である。それでも棋譜は、いつまでも語りかけている」。囲碁の普遍に、中国はもちろん、海外諸国に及んだ彼は、まさに、世界に冠たる碁仙人だ。

囲碁は盤上に宇宙を創り、人間の運命を築き、夢と現実の交錯など、すべてが仙人の仕事に通じている。碁を打つ神仙たちは、中国の説話によくでてくる。神仙は、隠形術で老翁に変身する。だから、その神霊性において、あらゆる時間を超越して、不死の生命を具現しつづけるのだ。

中国の精神史において老人尊崇の気風も由来もはるかに遠く深い。老人こそ深く伝統に通暁する存在であり優れた知恵をもち、和の態度で、人々の魂の導きだった。老賢者の概念がユングのものであることはいうまでもない。老賢者は、知識・反省・洞察・知恵・聡明・直観を表現し、人助けをする善意といった道徳性の象徴なのだ。

ユングは述べる。

老人は、主人公が望みなく絶望的な情況、そこからはただ深遠な省察か幸運な思いつき――いいかえれば、心の機能か心の内部の自動のみが彼を救う情況にあるときに、いつも現れる。……その欠乏を満たすために必要な知識が人格化された知識の形で、つまりこの思慮分別があり、助けとなる老人の形でやってくるのである。

ユングの心理学では、心の総体性の保持、つまり個人の内部にある生命の可能性の最高度の実現がつねに重視されている。そのためには心において意識と無意識との相互補償的な活動がうながされなければならない。

自我は意識の中心であるが、そこから無意識的なものが排除されていることによって自我はきわめて不安定である。これに対して自己は意識と無意識の双方を含む心の全体性の中心にほかならず、自我をこの自己へと高めていくことが心の総体性へ上昇する道なのである。

この一連の過程をユングは個性化の過程と呼んでいる。老賢者は、この個性化の過程において、自己の象徴的な表象として出現する。そしてともすると、その過程の力や省察を促す幻術で、祭司や術者に酷似してくる。

5

神社宮司の経験の永い祝老人の登場は、老賢者としてはぴったりだ。

老いているがゆえに知恵深く、一般常識で焦る心象を超えきって、思いがけない洞察をする。そして、個としての自分の生き方を、直に普遍に結びつけるのが特徴だ。即ち、己れが適を観、道が己れを観る関係だ。

曲がったことを嫌い、自分の考えを押し通す、家柄の格への意識が強く、普通の人と付き合わない。敵も多い。

ある時、父與重が、生きているのが嫌だと言って絶食に入った。息子與親が、点滴で鄭重《ていちょう》に対応、切り抜けた。神経症の病感を識る。その與親は晩年、腎不全の経過で胃癌発見、次いで脳梗塞で緊急入院、三日で退院、復活する。疫病神との縁薄い。熟慮黙考を常とする。自己疎外、嫌悪、否定、批判、自己矛盾を繰り返す。自分の能力を信じていだく誇りと衿持を保つ。

とにかく高潔な人柄だ。必然的に孤高を持することになる。独り思索に耽る場が自宅の裏山にある。細い山道を二十分程登ると頂きに立つ。標高九〇〇メートル。一望千里の眺めだ。

甲斐駒ヶ岳、八ヶ岳、瑞牆山、金峰山が聳えたつ、日本の屋根ともいえる山岳景観のなかの切り株、それがその場だ。天に近く、取り巻く自然を観て支えられて生きている自負、自然も人も一体で確信強く生きている威厳、矍鑠たる老いの源だ。

太古、この辺一帯は何もなく一面の海だった。富士山もなければ、伊豆半島もない。今の駿河湾から相模湾にかけ一望に眺められた。百万年前、地上火山が活動し、富士山、八ヶ岳が噴出しだした。やがて釜無川がせっせと流れ、七里岩の断崖ができた。八ヶ岳の火山灰が降るなか、裾の森林に、石や棒を持った、ヒトが出現した。ヒトは集団で生活し、コメを作って部族を養った。馬を飼い、布を織った。山麓や川沿いは、次第に開発されていった。

切り株に坐った老人は、紙芝居の語り口だ。了作は神妙な態度で、飽きず聴き入る。老人は、昔話を語る古老に変身している。さすが教職に永いベテランだ。話の筋立は見事だ。空も、山も、風さえ話に捲き込んで、一気に数万年を馳せ降る、闊達だ。

語りは年を経て武士一族の登場だ。甲斐源氏が発祥する。甲府盆地周辺に勢力を構える。総領職は、逸見《へみ》一族の手にあった。この総領職継承問題は、こののち逸見と武田の一門が生死をかけての対立を招く原因となった。八ヶ岳山麓に一大文化の華を開かせた逸見氏の支配は、武田軍との凄惨な戦いに敗れ、武田氏の支配に移る。

武田時代、その勢力を張る方向は、八ヶ岳の東と西から信濃に向かうしかなかった。それで当面は、西の諏訪氏が難関だった。信虎も信玄も諏訪への道は大井ヶ森を通って兵を進めた。一五四二年六月、武田信玄は、大井ヶ森に陣を張り、油断の諏訪氏を攻め滅ぼした。以来、甲州軍は信濃の国深く進攻してゆき、北信濃へ直行する戦略路を開いた。小荒間から湯川、柏原、大門峠へと連絡した。

人はこれを棒道《ぼうみち》と呼んだ。棒道は、信玄の行動に従って兵士が素早く作戦行動をする道だ。

「信玄の棒道」

了作が以前から聞き及んでいた、棒道、で耳立《みみだ》って、老人を凝視した。

6

「君がいま、その棒道の上に立っているんだよ。信玄が通った」

老人が了作の足元の地面を指さしている。途端、馬上に信玄の陣羽織りが、揺れ揺れに了作に迫ってくる。時間が湖行し、甲冑、武具が触れ合う音。旗指がはためいている。

了作、幻覚の中で幻術を遮っている。

それは忽然と消える。跡形もない。

老人は、にこりともしないで棒道の上に坐っている、歴史の上に坐っている。

地誌「甲斐国志」によれば、棒道は上、中、下三本あったとある。そして三本とも、この長坂町内を通っている、と祝老人は語る。

「上の棒道」は、穴山から、若神子、渋沢、白井沢から小荒間に至り、八ヶ岳西麓を進み、長野の立沢、大門峠を経て、長野盆地への道と接続。「中の棒道」は大井ヶ森を通り、小淵沢を経て葛窪から立沢へ至り、上の棒道と合流する。「下の棒道」は逸見路から渋沢、小淵沢を通り、蔦木、田端へ抜ける。

棒道が何年に、どのようにしてつくられたか、記録した史料はない。だが長野県に棒道の開設を伝えるといわれている文書（高見沢文書）がのこっている。それによると、信玄は一五五二年、「甲府から諏訪郡への道をつくることを命じ」「川に橋をかけるために、どの山からでも木を切っていい」としている。だが、古文書や古絵図の史料には信玄と棒道との関わりを示すものはない、と断言する識者もいる。信玄の棒道については各方面、諸説紛々だ。

祝老人は信玄が造らせ、騎馬軍団が風のように駆け抜けるイメージは浪漫として愉しい、遺したい、と前置きして語る。

現に、まのあたり、道筋が三本、諏訪に向かっている。幅広の獣道のような、草生した古道だ。道筋に沿って三十三体の石仏が季節の風に吹かれている。事実があった、経過があった、歴史があった、と心に遺る。

傍らに、古戦場跡がある、城跡がある。この道筋を使ってどんな戦争があったのか。

一五二八年、「神戸・堺川の戦い」。信玄の父信虎と諏訪頼満との戦いがあった。多くの死傷者を出したが、勝敗は決まらなかった。使った道は、中の棒道と考えられる。

一五四二年春、「瀬沢の戦い」。信濃の四武将の連合軍と武田信玄が、瀬沢で戦った。信玄が初めて勝利した。大井ヶ森を通る道を使ったと考えられる。

一五四二年秋、「大門峠の戦い」。信玄が大門峠で村上、小笠原の軍を破ったといわれる合戦。渋沢から大井ヶ森の道筋をたどったと考えられる。

一五五三―六四年、「川中島の戦い」。信玄と越後の上杉謙信との川中島での戦いだ。十二年間に五回あったといわれる。有名な「信玄と謙信の一騎打ち」は、一五六一年の四回目の戦いだ。この北信濃を舞台にする戦いで使った道は、標高の高い小荒間を通る棒道だったとも云われている。

棒道って何だろう。信玄の軍用道か、仙人たちの生活の道か、古代人の交易の道か。

祝老人は神出鬼没、見識は広くて深い。多芸多才、了作兜を脱ぐ。老人の語りを承る。中央政権が、二人に信濃一国の統治権を同時に与えたようなもので、信玄は信濃攻略に北上、そうはさせまいと謙信は信越の国境を南下両者激突、信玄は攻撃と守りに頻繁に棒道を軍用道路として利用した。信玄の信濃攻略がなかったら棒道の存在もなかった。そして信玄の信濃支配が一段落したら、棒道は不要となった。

その棒道沿いに、観音菩薩を彫った石仏が並んでいる。約五キロメートルの間に三十三七体。これは信玄時代から三百年程経った江戸時代の終わり頃置かれたとわかっている。西国三十三ヶ所霊場と坂東三十三ヶ所霊場を模して、番号順に鎮座している。その由緒来歴は不明だ。

「道も細くなり旅人も迷うようになったので道幅広くして壱丁ごと百番観世音を建立し人馬の一助けを……」と募金の趣意書きが長坂町にある。とにかく、信仰心のほかに、資金問題、他村への対抗意識があったと考えられる。

7

祝老人の永い探求、執着は冷徹だ。学識は豊かだ。

山上の垂訓ならぬ山上の哲理、を了作は承る。

山の風は鋭い、老人の頭脳を刺激する。

「長坂はいいとこだ」半ば了作に、半ばは自重気味に、山裾の平野を見渡しながら言う。その顔を、吹く風とともに天へ、空へと上げてゆく。視線を天頂まで上げ、ゆっくりと中天まで戻して固定する。長い気詰まりな沈黙があって、了作の訝《いぶか》りに応える。

「あそこが、魚座だ」

「何も見えない」夕暮れとはいえ星を見るには空が明るい。

「見えにくいが見える」

老人は、はっきりと権現岳の真上を指差している。毎日のように、夜空、夕空を眺めている老人には敵わない。彼の脳裏には刻み込まれているのだ。心眼、眼力も侮れない。

老人は語る。

自分は三月十一日が誕生日、魚座だ。魚座は、自体が明るい星ではないので目立たないが、ペガサス座のすぐ近くにあるので簡単だ。ペガサス座は「秋の大四角形」とも呼ばれていて、目につくギリシャ神話の、空を飛べる天馬だ。

魚座の二匹の魚は、この四角形の一角を挟む感じで並んでいる。神話では、愛と美の女神とその息子が、怪物に出会い、魚に変身して川に逃げ込む。その時、はぐれないように、と二人の体をリボンで結んでおいたのだ。

魚座は、秋の星座になっていて十月中旬、東の空に出る。天文科学館の玄人裸足の解説だ。流暢な弁舌だ。意識の流れに淀みない。大きな星が降るようにでて感動だ、と長坂の夜の自慢も忘れない。

天体の謎と神秘の話は、長年教職にあって、児童たちの鋭い質問攻めに鍛えられたにしても、その宇宙観は凄いものがある。宇宙観を基盤にしてコスモロジーのイメージに、人生観になる。

ユングは云う、自我から自己への深化は、イデオロギーからコスモロジーへの転化を意味する。イデオロギーは自我の正当性の武器として用いられ、イデオロギーなしには自我の確立はない。人生後半の自己実現には、自我の確立だけでは不十分で、悪や死をその構成の中に取り入れたコスモロジーが必要になってくる。

宇宙観といえば、その啓示者は作家埴谷雄高を措いてほかにない。アインシュタインが云う、人間は「自然のちっぽけな粒子」で宇宙の何処かに存在する、として宇宙占い師を好んでいる。彼こそコスモロジーの具現者だ。

祝老人も天体研究、宇宙囲碁のコスモジカルな環境で泰然自若の存在なのだ。老いの威厳は、蓄積された豊かな経験の重みの上で、静まっているのだ。過去の追憶の反芻、秘めた思い出の蓄積。私秘的で、恥かしく、切ない数々の秘め事を深く沈殿させた経験の連続だ。

自分自身の人生行路の途上にいる。喜怒哀楽の起伏を経験しながら人生の坂道を登る。厳しい現場の中に立って現実を経験し、初めて識る。人生の真実は経験してみなければわからないということだ。即ち、人生とは経験だ。

経験のうちにこそ、自己と個性を豊かに磨き上げる源泉がある。経験の深みにとびこみ、実在に触れ、鋭い思考を加えてこそ現実理解ができるのだ。カントは云う「内容なき思想は空虚であり、概念なき直観は盲目である」経験論と合理論は総合されなければならない、と。

人間の意識経験は、感覚、知覚、悟性、自己意識、理性、精神のすべての場面に関係する。それは卑近な事柄の認識に始まって自然の真相の把握、世界経験の原理にまで及ぶ。こうした生きて血の通った人間的経験の場で重要なのはどこにあるか。

ガダマーは、人間の世界経験の解釈学を展開し、経験について、三つの点を指摘した。第一に、経験において大事なのは、それが誰にも予測できず、見通せない仕方で生じてくることだ。

次に、それを実際に経験するまでは、当の事柄をよく知っていなかったことだ。それで徹底的に、浅見や独断を捨て去らねばならないことを教えられる。さらに、経験とは、本質的に、辛い不快なもの、幻滅を伴うものである。「人間は、苦しみをとおして学ぶのだ」（ガダマー「真理と方法」）。要するに、人間は、経験をとおして、あらゆる予見の限界と、すべての計画の不確かさと、人間の非力さと有限性を思い知らされる。経験のなかにこそ、自己自身があるといえるのだ。

8

祝老人の小柄ながら引き締まった体のどこを小突いても、経験の息吹が吹き出す。経験の塊だ。認識の化身だ。重厚な人柄、その眼差、その微笑の実相に迫るための手立ては、一筋縄ではいかない。境遇、資質もさることながら、格別の経験によることは違いない。人間的経験には、人間の知情意の生きた全体が関わってくる。

老人は目を細め、遠くに遣る。それは山裾から上がって中腹、頂きへと巡る。見馴れた山肌がゆるりと揺れ、時が遡行し老人を歴史の古さの中へ誘う。郷土史家に変身する。

一帯は山城が多い。その城跡や館跡が随所に見られる。近年の本格的調査では、それらの使用は十四〜十五世紀がかなり多い。

この二百年間は、鎌倉幕府滅亡と南北朝時代への突入の時期だ。この間の応仁の乱も、南北朝の内乱も、全国的に政情不安で、非常に荒れた時代だ。守護不在の甲斐の国では、武田勢と逸見勢が抗争を続けていた。一四七〇年「逸見一門皆切腹」するという事件が起こり、武田家と守護職を争った逸見氏は姿を消していく。甲斐を統一する信玄の父信虎に最後まで抵抗したのは逸見氏だった。市内に残された城跡は、容易に屈服しなかった氏の存在を今に伝えている。

山城があれば館跡がある。館跡があれば城跡がある。だが、館と城は別々であり、居城はなかったのだ。山城は臨時の軍事施設であり、生活の場ではなかった。出土品が少ないという特徴がある。反対に館跡の遺跡からは、豊富な出土量が特徴だ。

現在遺っている城の姿で、最終段階として記録に出てくるのは、若神子城、旭山砦、獅子吼城、中山砦くらいで、他はよく判っていない。案外、十五世紀に使われたまま残っている山城は多いのかもしれないのだ。祝老人のよく散歩する大泉町の谷戸城跡は、伝承のとおり逸見清光の築城であれば、平安時代末ということで、山梨県内で最古の築城となる。しかも、四百年後の一五八二年、天正壬午の戦いで、信濃側から甲斐に侵入した北条方の城として修築されたと「甲斐国志」で推測、記録されている。

祝老人の古里探究、その蘊蓄披露はとめどない。愛郷心が心に迫る。殊に、老人の語る八ヶ岳南麓と蝦夷との関わりは興味深いものがある。

東北地方で、政府の支配に従わない蝦夷を従わせるための征服戦争が長く続いていた。八〇三年、頭領アテルイらに指導された蝦夷勢力をようやく降伏させた。政府は、降伏した蝦夷（俘囚）を諸国に分散的に移住させた。甲斐の国には相当数の俘囚が集団的に生活していたとみられている。

俘囚の移住先は、人々から隔離された辺鄙な土地で、八ヶ岳の中腹一千メートルを超える山麓地や、諏訪湖を遥かに見下ろす眺望の開けた丘陵や、富士山麓の一千メートルの高原だった。俘囚の移動には東山道の街道を通り、それのルートに棒道が使われた。棒道は信玄が開削したとされているが、この道は信玄以前にすでに東山道に通じるルートとして存在していた。この道を通って東北から俘囚の人々が強制連行されたのだ。

俘囚の人々は、八ヶ岳南麓に移住させられ、移住地は南麓一帯に散在していた。蝦夷の高度の文化を継承していた俘囚の人々は馬を飼い、武器の蕨手刀《わらびてとう》をつくり、狩猟をして生計をたてていた。南麓一帯は、多く湧水があり馬を飼うに最適だった。八ヶ岳南麓に強制移住された蝦夷（俘囚）の人々を在来の公民が辺民と呼んでいたのではないかと思われる。その後、辺民が逸見となり、俘囚の人々が暮らす地域を逸見と呼んでいたのではないか。逸見郷は、一般的に北巨摩地方と言うのである。

八ヶ岳南麓の集落は、十一世紀後半に再び消滅したといわれている。しかしすべての集落が消滅したわけではなく、俘囚集団は優れた戦闘能力があり、政府の弾圧に屈せず繁栄の集団もあり、一族として勢力を保っていた。その一族が逸見氏として残っていたのではないかと思われる。やがて十二世紀前半に甲斐源氏が土着し、その一族の一人清光は逸見地方に進出し自らを逸見冠者と名のる。清光の拠点が大泉の谷戸城と言われている。

歴史の変遷は、八ヶ岳南麓は甲斐の国の発展の礎となった地域だと告げている。その礎をつくり発展させたのは、遠く東北地方から強制的に連行された蝦夷の人々だったのだ。

老人は、講談の講釈師宜しく泰然の構えだが、些《いささ》か鼻が蠢いている。

老人と了作は、いま八ヶ岳南麓の只中にいる。歴史の只中だ。歴史がすべてではない、だがすべてのもとだ。人は歴史に学ばない、と謂われるが。二人は歴史に取り憑かれ、その重みに嵌《はま》り込む。了作呆然だが、老人自若だ。

人生を自分なりに完結させ、全体を自覚し直そうとする老人の背中がある。老年の価値の化身だ。老いは円熟を意味している。老年や老境は老熟、老練、老巧、老成、場合によっては、老檜といったニュアンスを表している。老いは、人生の本質と限界が見えてくる哀愁と諦念の時期なのだ。

ショーペンハウアーが言った、年を取り、人生の終わりが見えるようになったときに初めて、人生がわかってくるというのは、悲しく残念なことである。人生の表側だけでなく、裏側もすっかりよく目のなかに入った老境においてこそ、初めて、人生の虚妄と虚しさが会得され、所詮はいかなる人生も五十歩百歩であるという事態が得心されてくる。そうした人生の有限性への徹底した悟りが、老境の平静さの基底にならなければならない。

9

キケロが言ったように、分別こそは、老熟に伴ってようやく熟成する。知性を錬磨して労作や仕事に励む老年には、老化は寄りつかないのだ。道義、克己心、高潔、調和、優美に生きる。

精神的に満ち足りた円熟した老年にとっては、時きたってこの世に別れを告げることは、何の恐怖も植えつけない。自然の摂理に従い、生命に定められた限界に従って、従容と死に赴くのは、人の使命だからだ。人は老境において、人間のあり方に熟慮を傾け、自分に相応しい生き方の拡充に努め、最期の時に備えなければならないのだ。

了作はひと夜、九十歳の老賢者のための集まりを企てた。了作の山荘の広間、渓《たに》に張り出したベランダは広く長い、舞台になる。

闇に、照明が灯り、演奏家が浮き出る。トリオだ。シンセが吠え、ピアノが囀《さえず》る。女歌手が唸る。

バッハの荘厳が吹きだして森に谺し山々に響く。マタイ受難曲〈血潮したたる主の御かしら〉の鎮魂の響きは峰々を越え、空を舞う小鳥の大群で、塊って、漣に、凪に、光になる。

集まった三十人は、神秘な精神性に痺れ異界を彷徨している。

〈この世去るとき……闇の恐れ……やすらぎを……〉

祈るような囁きだ。森の中のバッハだ。

〈いつの日か我去り逝くとき〉

次いで、耳を劈《つんざ》くロックの大音響が、切れ切れの吐息に変る。ビートルズだ。

〈やすらかな日々……ふたりの命は……無限に満たされる……〉

森の中のビートルズだ。

歌は、忽然と森の樹幹に山の岩塊に吸収され溶ける。

完膚無きまでの静寂に抱かれる。

突如、強烈な月光がきた。投光器攻めだ。

ベランダ前の林中の樹幹が槍衾《やりぶすま》を作って襲ってくる。背後は、見霽《みは》らかす峨々たる赤石山脈の大パノラマだ。縦走する嶺続きの南アルプスだ。鋸山、甲斐駒、鳳凰三山と視界一面に広がる。里山の群れを従えて、谷底の釜無川まで一気に馳せ降っている。嶺から谷まで三千メートルの急勾配だ。岩塊の屏風だ。月は力強く、満遍なく山襞を照らしだす。夜目にも鮮やかだ。バッハ音楽の作動、ビートルズの魔術だ。

深い森での音楽、険しい山での音楽だ。自然と離れず音楽する。木霊との冥界往復、生と死の狭間での演奏、霊との交感だ。音楽が語り、自然が語る。自然と完璧に一体化する。人々は、全く幻視幻聴の渦の中にいる。

音は寡黙で静謐に向う。生まれては消える。盛衰を奏で、終り、死ぬ。音楽は瞬間に消える時間だ。それは死と結びつき、死の回想だ。音楽は、死を想え、の象徴なのだ。

ゆっくりとアルプスの風が降りてくる。風はいつも共奏者だ。興奮の嵐、一過。夢の跡、余韻嫋嫋《じょうじょう》。

集まりは了《お》った。人々の陶酔は覚める。独り老賢者を残して、家路に山を降る。老人は、いっかな動かない。音楽の魔力に胸打たれたのだ。本然の神髄に触れたのだ。カルチャー・ショックという初の衝撃だ。未知の分野への探究凄まじく、了作を質問攻めだ。挙句、夜を撤しての音楽談義、演劇談義は避けられなくなった。期せずして、了作親炙の三老賢者の業績を語ることになったのだ。

了作は、一九六九年夏、渋谷で教会の地下に小劇場を開設していた。音楽、演劇、踊り、語りと、手当り次第上演していた。変革の理想は高かったが、経営は堅くなかった。赤字続きで、潰れる潰れる、は口癖だったが、継続は東京七不思議の一つと謂れ、潰れず三年経った。

その間、世上では歌や音楽が商品として作られ、売られ、広げられ、音楽産業に組み込まれていった。

その風潮に抗い、音楽と社会の緊密な結び合いに潜む力の表出を狙った活動だった。それにつけても、客席わずかで安い入場料では採算合わず、小劇場運動は誰がみても悪戦苦闘だった。

七二年の冬は、浅間山荘事件で終始した。そんな中、特筆すべきは、中村伸朗「授業」のロングラン公演の始まりだ。

イヨネスコ作「授業」は、パリで十六年間続演されている不条理劇、前衛劇の古典だ。この芝居をパリで観た老優中村は、娘まり子との共演での小劇場公演を企てた。了作は、毎週金曜夜の十時劇場のロングラン公演を提案した。中村は「劇場がつぶれるか私が死ぬか、どっちかまで続ける」と生涯契約を結ぶ。

「大劇場に魅力はありません。芝居の基礎は小劇場でつくるべきです」

劇の粗筋は、老教授の家を女子学生が訪れ、勉強を教わる。数学、言語学……と進むうち、老教授は昂奮してきて女子学生を刺し殺してしまう。女中に手伝わせて死体を片付けていると、ドアにノックの音がして次の女子学生が……。登場人物三人、ささやかだが戦慄的な殺人喜劇の傑作一幕ものだ。女優二人の役は、時に他の女優に依頼するが、老優は休まず演ずる。

入場者数は、当初平均三十人が次第に五十人前後に定着する。夜十時開演という不利な時間帯、派手な宣伝もない、ベテランだがスター俳優ではない中村伸朗の主演……、ロングランにとって不安な要素はあった。しかし「老いの一徹」がねばり勝ちした。小劇場の空間の中で、長いキャリアと技術のすべてを傾け、独特の洒脱とユーモア精神の中で遊びながら、演技の炎を燃やし続ける姿に、確実に若者たちの人気が集まった。一年後、毎回七十人、多い時は百人を超えた。そして、その舞台成果で七三年秋の芸術祭大賞を受賞する。

驚いたことに、受賞直後に入場者が激減する。派手な受賞発表報道で客席は溢れかえるかと心を砕いたのに、逆に拒否反応の空席だ。老優と了作は、ファンの文化庁嫌い体制嫌いに喝采した。「無期限に、一つの芝居をやっていける私は、役者冥利につきます。幸福者です」と言って、結局、十一年間続け、公演回数も五百八回に及んだ。

地方公演にも出かけた。ホテルで了作と二人だけになると、すぐタバコを取り出す。「ボクは節制が苦手でね、酒タバコも、どうせ死にゃいいんだろうと思うもんだから」

品格と偏屈が同居した苦渋に満ちた顔、皮肉っぽい笑いの瞳の奥はニヒルだ。了作は彼の魅力には抗えない。さまざまに影響を受ける。真似したくても出来ないのが反骨精神の顕わし方だ。

「私独自の依怙地からの変形らしい、世俗への反骨根性が心の支えになっているらしい」と語る。

それは突然の切り出しだった。教授役の降板宣言だ。昨夜の舞台で台詞がとんで真っ白になった、と。座って頭を下げたまま動かない。首筋から背中へ頑なさが延びている。了作、必死で慰留するが、彼は一歩も引かない。無言の対峙が長く続いて、了作が根負けして断念した。

こうして中村伸郎「授業」は終焉を迎えた。遺稿集『永くもがなの酒びたり』から引用する。「毎週金曜日夜、「授業」を十年余続演した。渋谷のジァンジァンという小劇場の観客は、私に嘘の演技の一と呼吸も許さず、私の演技の基礎はこの十年で身に付いたと思っている。……（中略）……たとえ「密かな確信」はあったにせよ、不安、孤独ではあり、自分なりの根性に鞭打つ悲壮感らしきものも味わった。そしてこの間に「密かな確信」が如実になり、小劇場の研鑽で身につけることが出来た演技の基礎は、私としてはこの遍歴修業で克ち得たものと思っている」。

ジァンジァンで稽古の後、舞台で独り、中村伸郎がいた。分厚いレンズの眼鏡が光る。遥か前方に、自分が老化してゆく姿を凝視している。以前、老化してゆく自分を、枯草色のかまきりに例えていた。その姿が、今、了作の目の前だ。鬼気迫る気配だ。了作は静かにその場を離れる。

その時、かまきりがゆっくり立ち上がり、かまを振りかざして、了作に向った。それは終生、了作の脳裏から消えない。

九一年、暑い夏、了作は代々木の病院に駆け付ける。

中村伸郎は、娘に見守られてベッドにいる。了作の来たことを、耳元で大声で、娘が告げる。ニヤリと笑う。「笑った、笑った」と娘が叫ぶ。途端に、左にいる娘の手を引っ張り出し、右の了作の手に押しつける。「煙草やめる、灰皿……」はっきりした声で灰皿を了作に渡す仕草。骨張った娘の手が灰皿だ。了作の手に食い込む。「煙草やめる、灰皿……」言いながら渾身の力で了作の手に捩じ込む。力強い。繰り返し繰り返す。三人の指の骨が擦れ合って痛い。

傍らで泣きだす。了作、指の緊張が汗を噴く。泣けない。死ぬ瞬間に、煙草やめる決心をしたのだ。振り切るようにして病室を出た。

胸の辺り一面に、山ほど灰皿を持ったまま、了作は、廊下に立ち尽くす。涙がゆっくりと落ちはじめる。中村伸郎は、おれのことなら放っといて、と背を向けて、独りで逝った。無への転化という経験を独りで引き受けたのだ。この世での存在を喪失し非存在へ転化した。

ライフサイクルを閉じた老賢者の生涯だ。

10

祝老人は、黙念のままだ。滅入った気配だ。中村伸郎は三年先輩の同時代人だ。戦前、戦中、戦後の世情騒然の切り抜けが脳裏に去来しているのだ。活動の拠点を異にしても想いは同じはずだ。

中村は小津安二郎監督映画の主要出演者だ。「東京物語」(五三年)を皮切りに「早春」「東京暮色」(五七年)「彼岸花」(五八年)「秋日和」(六〇年)「秋刀魚の味」(六二年)に欠かさず出演した。気骨ある人柄は銀幕で一世を風靡した。依怙地の老賢者の死に、転《うた》た今昔の感に堪えない。

次いで、盲目の老賢者だ。

七三年秋の夜、了作は青森にいた。風は寒く、さいはての念い。居酒屋で音楽劇「津軽に消えた」のジァンジァン公演の検討で話が弾んでいた。その時、津軽三味線が鳴った。唸りをあげる太棹の強烈さに、了作にロックとの共演が閃く。その依頼は奏者に断られたが、師匠の高橋竹山を推薦してくれた。

次の夜の会場、灯の中、盲目の老楽士が浮び上る。腹に響く太棹のかわいた音で血が滾《たぎ》り魂を揺すぶる。竹山だ。五分刈りの坊主頭、仏像そのままの彫りの深い顔、紋付羽織袴。

旋律で、虚空に幻の雪が降りしきる。了作、幻術に酔い痴れる。日本音楽のすべての源をみる。人の生きる原点に迫ってくる。音楽と社会の結びめに潜む力だ。公演を依頼する。

だが、毎月の公演の反応は緩慢だった。三味線は邦楽器。ジャンルは邦楽だ。若者は食わず嫌いだ。音楽の脱領域要素を強調しても虚しい。

了作は悲壮感を胸に、各新聞社に竹山のプレスシートで脱領域を訴える。

突如、毎日新聞夕刊に「ジンとくるぜ津軽の太棹」の大見出しで全七段、一頁全面の記事が載る。前見出し〈魅せられたるジーパン族〉として次へ続く。激しいバチさばきに、魂をゆすぶられるのか。〈津軽じょんがら節〉に代表される津軽三味線に若者たちは夢中なのだ。……（中略）……約百枚の当日売りの立見席をねらって行列を作る。現代の若者好みのロックやフォークの中に浮上した津軽三味線。ジーパンをはく若者が、古風な三味線になぜ魅せられるのだろうか。

次いで紙面は、〈ボサマ五〇年〉というタイトルで、竹山の人生、津軽三味線の特色と解説、識者による竹山音楽の分析、の構成で、観客の感想で締め括る。

写真は、竹山の舞台写真と、劇場入口のジーパン姿の若者たちだ。キャプションに〈太棹から弾きだされる幻想的な音に現代の若者をとらえるなにかが……〉（会場では三味線とジーパンといった意外なとり合わせが同居）とある。

了作は紙面から沸き立つ迫力に痺れた。天に願いが届いた思いだ。

了作の竹山音楽への傾倒の原点が見事に描きだされている。脱領域音楽。邦楽であって邦楽を超えた音楽だ。結局、その月の三日間の公演は、押し掛けた若者で、満員札止めになった。

それに呼応するかのように、各週刊誌が特集記事を掲載する。了作の高橋竹山との出会いは、竹山を、ジァンジァンを有名にした。竹山と「授業」、七三年末は、二人の老賢者に支えられ、記念すべき年になったのだ。

出会いの時、竹山開口一番の弁だ。

「眼の見えない人は、眼の見える人よりも良く見えるものがある。人の気持ちってものは、眼の見える人にだって見えるもんでねえ。なんでも眼に頼るのは、どんなものかな」

盲人への過剰な気配りを批判し、盲人にしか見えない素晴らしい世界を示唆する。

竹山音楽の音の探究への執念は凄まじい。

「わたしは北海道の船小屋で九年過ごしたんだ。フトンもなく汚いムシロの上で寝る。その時、どんな生活をしてもいいから、三味線に、バチに魂をいれるのだということだけを考えたんだ。にらんだら紙に穴があき、物をいうほどに魂をいれる。それがだいじだ」

眼が不自由で貧しい人間が、屈辱と苦難をいかに生きたかを語る。諧謔、暗喩、洒落がある。素敵な知性だ。竹山音楽の洗練は、津軽の土着性のなかから生まれた。土着を繰り返し繰り返して創りあげるなかで洗練される美だ。

了作の竹山狂いは、病膏肓に入る。

七四年には立て続けに三枚のＬＰレコードを発売する。一枚目は劇場での、満席の豊饒の海の気配を夢中で収録した。二枚目は津軽三味線即興曲〈岩木〉の登場だ。長年、竹山の創作曲として温めてきた傑作だ。更に改編、修正、練り直しての苦心作だ。三枚目は野外録音だ。青森の西海岸の寒村、十三潟で津軽風土とその匂いを収録する企画だ。灰色の空と海を前にして、竹山と了作は廃船の船縁に肩を並べて腰をおろす。

「このとおりだもん、このさびしい海だもん、夏でもこうだもん。冬になれば、どこからも、人も来るわけでねえ、……（中略）……なにほど苦しいかわからねえ。朝まに起きれば風の音、何の楽しみあるわけでねえし、弘前さでるったって、金はかかるし、ただでねえんだね」

竹山の語りは述懐に、詩の朗読になる。この時の、旅の印象を「組曲・十三潟」でスケッチ風に即興で、技巧を駆使して弾いたのだ。

七五年に『自伝津軽三味線ひとり旅』を出版する。七六年、「自伝」をもとに、新藤兼人脚本・監督で映画化を決定、撮影に入る。完成した映画「竹山ひとり旅」は、モスクワ国際映画祭に日本代表作品として出品され、監督賞、ソ連美術家同盟賞を受賞した。

竹山、ジャンジャンの出演は、二十一年間で三百三十七回に及んだ。最後の舞台は、九七年一月、高橋竹与改め二代目竹山襲名披露への出演だ。がんの手術から退院して二十日、周囲の心配と反対が大変だった。強烈な反対を躱《かわ》して弟子の竹与に、竹山の名を譲る。その舞台へ、命に関わるという反対を押し切って、出演する。自分を貫き通す強固な意思に、了作は頭が下がるばかりだった。

当日、了作はホテルのロビーで出迎える。

心持ち顔を顰めて、厚いコートに包んだ体が左右に揺れている。娘と竹与に挟まれ、支えられている。白いスニーカーが光る。喉の包帯が痛々しい。壮絶、意思への力だ。想い化身が揺れている。

近づいて、

「きましたね」

「おお、きたよ」

囁き声だが、漂としている。了作は、感慨無量で声がない。

その夜、超満員の客は、息を潜め眼をみはって、舞台を凝視したままだった。鍛え込んだ芸人魂に圧倒されている。さすがにバチにかっての勇壮さはない。喉の穴に管が通って大きな声は出ない。無残な姿を見せることはない、という意見もあった。

竹山は語りかける。

「年を取れば、だれだってこうなるんだ。ダメになった竹山もよく見てくれ」

演奏と語りの二時間が終わる。拍手鳴り止まず、竹山が姿を消しても、誰も立ち上がらなかった。それから一年、冬の朝、竹山は故郷の病院で、ひっそり逝った。

竹山の口調と声音は、了作の耳の奥から離れない。

「心配したってどうにもなるもんでねえ。時がくれば俺だって死ぬんだから。死ぬものは死ぬ。生きるものは生きればいい」

無常の風は時を選ばない。盲目の老賢者は息絶える。

だが、祝老人は幽明を異にしても、竹山への追慕の念頻りの風情だ。

幼年からとかく独り山で風を聴き鳥を聴く竹山と、識っていたのだ。老人も、よく裏山で、怠けもし思索もした、仲間だったのだ。互いに山の中、自然の中で生きてきた。

竹山が宝の箱を見せたことがある。細い篠竹で作った篠笛がいっぱい詰まっていた。鳥それぞれの鳴声専門の笛が多かった。竹山は、その声をなぞって、舞台で横笛を吹き、尺八を吹いていていたのだ。

二人の老賢者は、それぞれ山の神人と山の楽人なのだ。

津軽三味線ひとり旅の終焉だ。

了作は呆然の日々だ。

11

その時、驚きの報道があった。指揮者・朝比奈隆がシカゴ交響楽団へ初客演する。かつてベルリン・フィルハーモニーなども振ったが、久々の快挙だ。

その朝比奈と、了作と相棒は二十年前に、〈ブルックナー全集〉という大仕事を遣らかしてしまったのだ。当時、了作は、ワーグナーの舞台祝祭劇「ニーベルングの指環」

の人形による上演計画に夢中だった。「ラインの黄金」「ワルキューレ」「ジークフリート」「神々の黄昏」の四部作だ。主題は、権力への欲求が世界を没落させるという思想だ。

毎年、バイロイトの祝典劇場で四夜連続の上演は世界中から集る観客で犇《ひし》めく。それは従来のオペラ的な発想に代わる演劇的な考えを支柱にしている。了作が人形劇「指環」を考えたのは、イングマール・ベルイマン監督の自伝からの刺激だった。ベルイマン家には卓上劇場が伝わっていて、いつも妹たちと人形芝居を上演していた。了作はかねがね人形劇は、すべての舞台芸術の根源にあるものを実り出すと考えてきた。

人形劇「指環」の構想は、ジァンジァン開場以来永く温めてきたものだ。随時その資料収集に没頭、堆《うずたか》い山積みの中に埋もれてきた。収集した音源は次々貧るように聴いた。「オランダ人」「トリスタン」「パルシファル」そして「指環」だ。

まさしくその時、了作はワーグナーの大音響の洪水に溺れていた。

魂を揺さぶる荘重な響きは楽劇「パルシファル」だ。狭い天井、壁、床は細波が立っていた。潜んでいた苦悩や懐疑がうねり出て、魂の営みを表出する。〈ワーグナー中毒現象〉だ。ベルリンフィルの名演が了作の心を煽《あお》って夢心地だ。

ＬＰ演奏が終われば了作は全く虚脱状態だ。

「ブルックナーに挑戦だ」傍らに声だ。ワーグナーに傾倒するブルックナーも、了作の心酔する作曲家だ。了作のワーグナー狂いを見兼ねての僚友の言葉だ。彼は無比の音創り技術者だ。了作に否やはなかった。

ブルックナーは〈響きの陶酔〉と称えられ、音の響きそのものに対する強い喜びがある。鈍臭い服装で、世間からの無理解と悪意のなか孤高に終始した。了作の周囲でもブルックナー音楽には批判的否定的な偏見が大勢を占めていた。日本ではブルックナーのレコード自体が数少なかった。了作はその趨勢に一発噛ますに吝《やぶさ》かではなかった。

ブルックナー交響曲全集に挑む、と了作たちは決意した。決意はしたが容易ならざる事態と覚り、震えがきた。交響曲全集収録ともなれば、最終的には三千万を超える製作費が必要だ。それは、高橋竹山の映画制作、座間味ジァンジァン劇場建設とともに、のちに了作が、あれは「三大経営危機」だったと振り返る一大暴挙だった。

録音は日本の指揮者と交響楽団に拘った。英国のロンドンフィルを紹介する、という大手音楽会社の提案も断った。

朝比奈隆に白羽の矢を立てた。以前、彼が振ったブルックナー五番の印象が強かったのだ。依頼に対して、彼の快諾と、その人間としての情味に了作は意を強くした。名もなく貧しい者への滋味さえ感じた。彼も、オケも所詮棊子麺《きしめん》の味だという外野の揶揄にそれも結構と自嘲した。

彼は京大在学中から指揮法を学び、三九年、新交響楽団を振ってデビュー、上海交響楽団などの指揮者を経て、四七年、関西交響楽団を創設する。六〇年、同楽団を大阪フィルハーモニー交響楽団として再組織、常任指揮者、音楽総監督として活動する。不即不離とはいえ、指揮者とオケのこれほどまでの一心同体は希有なことだ。了作と僚友は、早速、企画というより企み、奸計紛いの挑戦に周到な案を練った。

ブルックナーの本質は透明な響きに秘された寂寥だ。その表現には、残響の深さが不可欠だ。音源が振動をやめたあと、空間の反射で音が引き続き聞える時間の長さだ。余韻が長く強いのが肝心だ。かくして関西方面のホール探しに躍起になる。八つのホールを己れの耳で確かめ残響を測る。熟慮して、神戸文化ホールで録音することにする。

嵩む録音費用捻出のため、逐次、段階的に発売することにする。まずは、八番、次いで、七、八、九番の後期交響曲集。しかるのちの全集発売だ。概算予算の積算で、多額の赤字を覚悟して、了作は身の引き締まる思いだった。

初収録に気が弾んだ。早暁、録音器材を積んで、高速道路を神戸へ疾駆した。出陣の若武者に似て、気は昂揚し武者震いだ。朝焼けの雲の切れ間から幾筋もの光が射し込んで神々しい。ブルックナー現象だ。オーストリアの山中深く、森と丘の敬虔な朝に佇む彼が見えた。

幸先のよいスタート、と意気軒昂だ。その意気込みで一年半は夢中に過ぎた。収録の終了、演奏料支払、交互に繰り返えすこと十回。難儀な事態も乗り越える。身を捨ててこそ浮かぶ瀬もあれ、不可能が可能に換《かわ》る。奇跡かと茫然自失する。

交響曲全集は恩寵の光で完成し、完売した。三日で全て完売、の神話も生まれた。評論家宇野功芳は、〈朝比奈隆、全盛期の記録〉として述べる。

「ジァンジァンのブルックナー全集、として朝比奈ファンの間ではほとんど神格化されていたレコードが、このほどやっとＣＤ化〈どんなに多くの人が待ち望んでいたことだろう〉されることになった。

なぜそれほどまでに神格化されたのか。それは一九七六年〜八年という朝比奈隆の全盛期の記録だからであり、ジァンジァンからの限定発売だったためもあるが、何よりも代表が大のブルックナー・ファン、朝比奈ファンであり、レコーディングのときは必ず客席に姿を見せて感動していたという事実が挙げられよう。……」

朝比奈自身も、ベルリンからの便り、として述べる。

「長くて短い一年半だった。

一九七八年一月二十五日の定期演奏会は私達にとって、或はこの東方の国でのブルックナー交響曲の演奏の記録として記念すべきものになった。その夜の舞台で〇番を除く全交響曲の収録がすべて完了したのだった。それは本当に長い道程だった。……」

次いで今、この丘に登る、と述べる。

「……或る夜、突知として客席に歓声が湧き起り楽員の顔が晴ればれと輝く。ブルックナーはその心を開いたのである。

やがて私達はその最も優美な言葉である「七番」を携えて遥かな旅にのぼる。

そして十月半ばの晴れ渡った空の下を私達を乗せたバスはアルプスを北側の高原に向って降りてゆく。広い自動車道路から右へ折れて小高い丘陵の間を縫うように進むとバスのなかの話声も一瞬静かになる。

ブルックナーその人の眠る聖フローリアン教会はその右側の丘の上にある。

その坂道をたどって私達は今その丘に登ってゆく。

そしてその翌日からもその丘を越えて私達はいつまでも登り続けるのである」

〈神格化された全集〉の評で、朝比奈隆と乾杯の縁を打ち合い、目と目で感極まった。

たまたまブルックナーにお株を奪われたワーグナーは一頓挫だ。

大阪フィルの「指環」演奏企画は順調だ。ただ「指環」のワーグナー歌いが障害だ。

絶対数の不足。むしろ不在だ。国立劇場の研修生に交渉したが徒労。川本喜八郎の「指環」人形は遣い手のスケジュール調整で難渋、NHKの「三国志」のせいで絶望的だ。人形劇「指環」は当分延期せざるを得ない。手元に、即席オペラグラスだけが残る。枠は厚紙で二個のレンズは本物だ。無料貸出のものだ。ダンボール大箱二個分。

了作は、深夜客席で、グラスを両眼にあて闇を見詰め、止《と》め処《ど》なく思いに耽《ふけ》る。レンズに映る。炎に包まれるワルハラの城。ライン河の水、呪いの指環を争う巨人の兄弟。戦いの乙女ワルキューレ、不死身のジークフリート、愛馬に跨がるブリュンヒルデ、天上の神々、地上の人々、地下の矮小人。

人形たちが闇に浮きでて消える。

消える瞬間、皆恨めしげに了作を視る。

繰り返し観て聴いて考えた「指環」の幻視幻想だ。了作の病んだ脳は、ワーグナーの創造物たちと一緒になって眠り込む。

12

祝老人は、了作の語る老賢者の魅力をたっぷり聴いて顔が紅潮していた。

北の竹山、西の朝比奈は音楽で、中央の中村伸郎は演劇の業績で、それぞれが老賢者だ。世に名を馳せた故人たちだ。広く知られている。

名もない老人は、山の中の老賢者だ。三人の故人を偲び、頻りに人間の生涯について考え込む。考えながら呟きやまず。口癖の老子に変身する。

名のない領域から／天と地が分かれ／天と地の間から／数知れぬ名前が生まれた／名があれば欲が生じる／欲があったら名のついたものしか見えない／名のつかぬ領域、それは闇に似て／暗くはるかに広がっている／それを宇宙の神秘と呼んでもいい。……

老子　第一章

次の朝、老人と了作は久し振りの竹林の清談だ。了作は拝聴する。

私は三つの宝を持っていて／いつも大事にしている。／その一つは愛だ。／二つめは、足るを知って多く求めぬこと。三つめは、世の中の先頭に立たぬこと。

老子　第六十七章

中国における老賢者像としては、孔子に対立する考えを展開した老子が第一人者だ。もちろん、老子は、書物としては残っているが、人間が実在したかどうかは定かではない。だが中国、日本において人々の心のなかに持たれ続けてきた「老子」のイメージは、老賢者としてぴったりのものになってきた。

老子こそは「形なきものの形を見、声なきものの声を聞く」ことを教えた人である。書物には、固有名詞が一度も現われないことで現実の己れを生きる個としての人間が、道の普遍とそのまま結びついている。「個」が直截的に「普遍」と結びつくところに、老子の思考の根本的な特徴が見られるという。

「個」が「普遍」に結びつくイメージは老賢者の知を示すのにぴったりだ。このような老賢者像は、科学の知とも共存する。というより科学の知を補うものとして重要なのだ。「個」が何の媒介者もなしに「普遍」に結びつく境地は、それはまったく宇宙的な運びに関ってくるのだ。

訥訥と響く祝老人の声音は竹林を風とともに流れてゆく。

まさに老子だ生き仏だ。了作は眩しい。

普通の姿の価値ある人だ。

悠々、普通に居て皆を治める大物だ。人を慈しみ自分はつつましく、人を出し抜かない。誰よりも先にでれば終り。

裁かない苛めない強制しない、光る聖人は輝こうとしない。

老子　第十七、五十八、六十七章

山の中の老賢者は神職も兼ていた。代々の神官、社家の育ちだ。心を常に神に、天に、宇宙に馳せていたのだ。了作の別棟、書庫建築の地鎮祭には、衣冠浄衣で祝詞をあげた。張った標縄を伝って降りてくる神の姿を観せてくれた。指先の仕草だけ。動く神が視えた。皆、息を呑んだ。

既に、異界の老賢者だ。

何もしないでそこにいることが、人間の本質と関わり深く、社会の盲点に鋭い批判を投げかけ、解決の糸口を示唆しているのだ。

平成二十二年八月三日午前十一時三十分、帰幽。祝與親翁命神霊。享年百歳。

衣冠浄衣、右手に釈、威儀を整え、裏山をゆっくりゆっくり登る背が視えた。

頂の先に雲が、その先に天があった。

「本は読まない」と喝破する若者に「スマホ・携帯は持たない」と応えて、二人のギャップは歴然で、己れのアナクロニズムが身に染みる。

仮想現実やネットの進化、蔓延には就いて行けない老残遊記だ。SNSの言葉が人間の言葉の大半を占めるようになれば、新しい言語活動が生まれるかもしれないが、文体に固執する人間は化石扱いだ。

だが米国では、心理学者トゥエンジ氏が「スマートフォンは一つの世代を破壊したのか」として社会の崩壊が加速するさまを示し、議論を呼んでいる。フェイスブックや他のソーシャルメディア企業が、孤独や社会的孤立という伝染性の病を助長している。人間関係の質の低下だという。

それだから、体に響く言葉を綴って思考し、思想したいのだ。間もなく消滅する身として、遺り納めの作業なのだ。

原稿書きの最中に、新聞社会面を見て驚いた。このところ急速にセクハラ報道が目白押しなのは何故か。性犯罪紛いの事件は枚挙に暇がないほどだ。急に増えたわけではない。報道されずに潜在し隠蔽されていたのだ。セクハラを検証し、根源を探れば、性犯罪の本質がある。

女性を対等と見做さず、性的視線をおくるのは性的目的による犯罪の緒だ。フーコーの「セクシュアリティにこそ真理がある」を目の当りだ。今更ながら、彼の慧眼には恐縮するのみだ。

相変わらずの抑圧、隠蔽を基盤にした性事情、性犯罪が蔓延している。慨歎に堪えない。

なぜに広がり、継いでゆく。

肩を並べて嘆息をもらす了作と知人。

突如、二人を割って入る老婆。

きれいは穢い、穢いはきれい。

さあ飛んで行こう、霧のなか、汚れた空をかいくぐり。

マクベスの魔女だ。「血は流れているでしょう、血は流れているでしょう」

怜悧な静の声が響く。

「血は流れているでしょう……」

凛々と響いている。

『囲碁の民話学』の大室幹雄氏が、むすびに真情を吐露している。
「そしてあと二十年もすれば、日本には確実に老人社会が出現する。そのときになって老人たちを虐待するのはいま現に虐待されている子どもたちが変化した凡愚の壮年たちであろう。神童の魂とともに、民話の世界では彼らと自在に変換することのできる老いたる賢い人の自在な精神世界を叙述の対象に採りあげたのにはなかなか切ない心因があるのだ」
一九九五年出版、それから二十三年経て彼の危惧を想い感慨深い。

左右社の小柳学、東辻浩太郎、脇山妙子の各氏にと、宮沢美智子に感謝したい。

二〇一八年秋　高嶋進

参考にした本

ミシェル・フーコー『性の歴史』全三巻、新潮社
渡邊二郎『自己を見つめる』左右社
大室幹雄『囲碁の民話学』岩波現代文庫

高嶋進（たかしま・すすむ）
一九三二年、新潟県生まれ。青山学院大学文学部卒業。
六九年渋谷ジァンジァン、七七年名古屋ジァンジァン、八〇年沖縄ジァンジァン、
八三年座間味ジァンジァンを開設。著書に『ジァンジァン狂宴』『ジァンジァン怪傑』
『ジァンジァン終焉』『八十歳の朝から』『この骨の群れ／「死の棘」蘇生』『崖っ
ぷちの自画像』『道化師の性』（いずれも左右社）がある。写真は長崎角力灘、
箱根仙石原、信州地方。

死んでみた

二〇一八年十月三十日　第一刷発行

著者　高嶋進
発行者　小柳学
発行所　株式会社左右社
〒一五〇－〇〇〇二　東京都渋谷区渋谷二－七－六　金王アジアマンション
TEL.03-3486-6583　FAX.03-3486-6584
http://www.sayusha.com

装幀　鈴木美里
カバー・本文写真　宮沢美智子
印刷・製本　創栄図書印刷株式会社

ジァンジァン狂宴
ジァンジァン怪傑
ジァンジァン終焉

本体価格各一七〇〇円

「壊れたバランスを軌道修正する場所がジァンジァンだった——美輪明宏」
１９６９年の誕生以来、30年間に渡りサブカルの聖地として数々の伝説を生み出してきた小劇場・渋谷ジァンジァン。その劇場主による自伝的小説３部作。ジァンジァンの活動を通じて、巡り会い、ともに生きた畏友、盟友の魂を描く。貴重な時代の証言。書評多数掲載。

八十歳の朝から

本体価格一七〇〇円

平和の尊さをかみしめ、島民が一体となったあの公演——。宇崎竜童、矢野顕子ら数々のアーティストが出演した一夜から30年。ジァンジァン劇場主による魂鎮の旅。

この骨の群れ／「死の棘」蘇生

本体価格一八〇〇円

「死の棘」を舞台に載せる——。特別な想いを寄せた沖縄、奄美で出会った高貴な魂、仲吉史子、石川文洋、屋良文雄そして上地昇と島尾敏雄・ミホとの交友を描く。

崖っぷちの自画像

本体価格一八〇〇円

人は何のために生きるのか。著者の行動力の源泉はこの尽きせぬ自問自答だった。ジァンジァン開設以前のエピソードなどで綴る著者渾身の遺言。

道化師の性

本体価格一八〇〇円

誰もが性に悩んでた——。コンプレックスと衝動が渦巻く性とは何か。ジァンジァン劇場主の見聞と思索。